KB121173

로크미디어가
유혹하는
재미있는 세상
ROK
MEDIA
로크미디어

우리 교황님 좀 말려 주세요

우리 교황님 좀 말려주세요 8

2023년 4월 7일 초판 1쇄 인쇄
2023년 4월 12일 초판 1쇄 발행

지은이 판미손
발행인 강준규

기획 이기헌 왕소현 박경무 강민구 조익현
책임편집 주현진
마케팅지원 이원선

발행처 (주)로크미디어
출판등록 2003년 3월 24일
주소 서울시 마포구 마포대로 45 일진빌딩 6층
Tel (02)3273-5135 **Fax** (02)3273-5134
홈페이지 rokmedia.com **E-mail** rokmedia@empas.com

값 9,000원

ISBN 979-11-408-0558-7 (8권)
ISBN 979-11-408-0095-7 04810 (세트)

우리 교황님 좀 말려주세요

판미손 퓨전 판타지 장편소설

8

Contents

줄줄이 소시지

북한의 정찰총국 출신이자, 레오의 비공식 수제자라는 이은택 씨의 활약은 기대했던 것 훨씬 이상이었다.

"리멘 교단의 이단심문관 이은택이 교황 성하를 뵙습니다! 리멘께 영광이 있기를!"

"아아, 은택 형제님. 고생 많으셨습니다. 성과를 금방 내셨네요? 제가 리멘님께 따로 말씀드리겠습니다. 교단에 아주 훌륭한 인재가 들어왔다, 이리 전하고 싶은 마음입니다."

"영광입니다, 성하!"

"그래요. 보고는 잘 받았습니다."

이곳은 부산시 사하구 하단동에 위치한 어느 빌딩의 지하.

나는 손에 묻은 먼지를 가볍게 털면서 고개를 끄덕였다.

그리고 그런 나를 향해 이은택 씨가 고개를 숙인 채로 묻는다.

“그런데 성하, 편히 입구로 오셔도 되었을 것 같은데…… 귀하신 옥체에 더러운 먼지가…….”

“이거요?”

그 질문에 나는 손가락으로 반쯤 무너진 계단을 가리켰다. 그리고 미소를 지으면서 말했다.

“누가 닫아 뒀더라구요. 노크를 했는데도 안 열어 주던데요?”

“아하.”

“그래서 그냥 강제로 열었어요.”

“과연, 굉장하십니다, 성하!”

“하하, 뭘 이 정도 가지고.”

도시에서 갑작스럽게 폭탄이 터진 것이나 마찬가지였지만, 이럴 줄 알고 미리 정부 측에 말을 해 두었다.

유선호 장관한테 말하니까 ‘살살 부탁드립니다.’라고 하더라.

그는 큰 죄를 저지른 사람이 아니라면 부디 자비를 부탁한다는 말도 덧붙였다.

사실, 그렇게 걱정하지 않더라도 내 선에서 알아서 조절할 생각이었다.

아무리 우리 교단의 이름을 팔아 장사를 벌이는 놈들이라지만, 이 안에는 정말 우리 교단이 궁금해서 들어온 사람들도 있을 터.

그런 이들에게까지 엄격한 잣대를 들이대는 것은 너무나도 가혹한 일이다.

길 잃은 어린 양들에게 길을 왜 잃었냐고 짜증을 부릴 수는 없지 않은가?

나는 씨익 미소를 지은 다음, 천천히 주위를 둘러보았다.

최근에 인테리어를 다시 했던 모양인지 건물 내부는 깔끔했다.

지하치고는 이곳저곳에 새하얀 조명들을 많이 설치해 두기도 했고, 이래저래 신성한 분위기를 내려고 노력을 많이 한 모양이었다.

"교, 교황님?"

"응?"

내가 슬쩍 주위를 둘러보고 있을 때쯤, 이은택 씨의 옆에서 얼빠진 표정을 짓고 있던 젊은 청년이 무릎을 꿇었다.

"정말 김시우 교황님…… 이게 꿈은……."

젊은 청년의 몸으로부터 피어오르는 믿음.

내 눈에는 그의 몸속에 자리 잡은 신앙이 정확하게 보였다.

하지만 그 신앙에는 무언가 탁한 불순물이 뒤섞여 있었다.

왜곡되고 변질된 신앙.

나는 그것이 이곳에 자리 잡은 이단 놈의 소행이란 걸 빠르게 눈치챌 수 있었다.

일단 멸악의 의지를 통해 감지되는 악행은 없고.

3초 만에 판단 끝.

무고한 피해자다.

"최성재 형제입니다. 사람은 착한데, 교리를 잘못 배운 청년입니다. 부디 교황님께서 자비를 베풀어 주셨으면 합니다."

"보면 압니다. 알겠습니다."

"그리고…… 간부들을 제외한 나머지 인원들은 대부분이 무고합니다."

"간부들부터 조지면 되겠네요. 확인했습니다."

"그런데 레오 대주교는……."

"이단 놈들답게 비밀 통로가 하나 있더라구요. 그래서 레오보고 그쪽을 지키라고 했습니다."

"저런."

"이런 일은 철두철미하게 해야죠."

부산으로 내려오면서 레오가 해 줬던 말이 굉장히 인상 깊다.

—성하, 이단들은 암세포와도 같습니다. 빠르게 적출하지 않으면 어느새가 자라나서 교단에 치명적인 타격을 입히지

요. 이단들이 등장하는 걸 막는 방법은 하나뿐입니다. 일벌백계.

레오는 평소에는 꽤 얌전하게 지내지만, 이단과 관련된 일이 발생하면 180도 달라진다.

루나조차 고개를 가로저을 정도의 광기.

이단심문관 출신이라서 그런지는 몰라도, 이단들에게만큼은 '교황청의 미친개'가 어떤 건지 똑똑히 보여 준다.

솔직히 말해서 아까 헬기 타고 내려오는데 나도 레오랑 눈 못 마주치겠더라.

시비 걸면 그대로 반으로 접을 기세였다.

나는 최성재 청년을 바라보면서 가볍게 손을 흔들었다.

"자세한 이야기는 나중에 신전에 가서 하도록 하고, 일부터 좀 끝내고 오겠습니다. 그래도 되겠죠?"

"물, 물론입니다!"

"제가 오늘 여기 온 이유는 이곳에 리멘의 이름을 더럽히는 자들이 있다고 들었기 때문입니다. 최성재 형제님도 그와 관련되어 있으니, 조사를 피할 수는 없을 겁니다. 하지만 크게 걱정하지는 마세요."

주머니에서 너클을 꺼냈다.

그리고 그 너클을 오른손에 끼우면서 활짝 미소를 지었다.

"최성재 형제님에게 죄가 없다면, 레오 대주교가 직접 올

바른 신앙을 교육해 줄 것입니다."

"……아."

"이은택 씨는 가서 사람들을 한곳에 모아 두세요."

"알겠습니다, 성하."

"그럼 이따가 봅시다."

이은택 씨는 최성재 청년을 데리고 빠르게 몸을 움직였다.

지옥에서 살아 돌아온 사람이라서 그런가, 온몸에 기합이 바짝 들어가 있다.

레오의 극찬이 얼추 이해가 간다.

아마 레오가 직접 내려왔어도 이렇게 일사불란하게 정보를 수집하진 못했을 것이다.

현대의 정보 수집은 에덴에서의 정보 수집과는 분야가 많이 다르기 때문이다.

나는 멀어지는 이은택 씨의 뒷모습을 바라보면서 만족스럽게 고개를 끄덕였다.

"인재야, 인재."

정말 만족스러웠다.

이제 더 이상 에덴에 의존하는 게 아니라, 지구에서 키워 낼 수 있다는 것도 만족스러웠다.

에덴의 상황도 넉넉하지 않은데 계속 인재를 빼 오는 게 마음에 걸렸었기 때문이다.

언제나 자급자족이 제일이지.

라파엘의 연구가 계속되면 나중에 지구의 인재를 저쪽 세계에 파견하는 것도 가능하지 않을까?

뭐, 일단 지구의 상황이 안정된 후의 이야기겠지만 말이다.

"침입자부터 찾아!"

"애새끼들 못 나가게 막고! 아직 교육이 제대로 안 끝난 놈들이 대부분이야."

"도대체 이게 무슨……."

내 잡생각은 그리 길게 이어지지 못했다.

왜냐하면 안쪽에서부터 각성자로 보이는 인원들이 달려 나왔기 때문이다.

B급 헌터 정도쯤으로 보이는 놈들.

요새 대한민국 각성자 평균이 많이 올라갔다고는 하지만, B급 헌터가 고작 동네 사이비에 몰려 있을 정도까지는 아니다.

"이은택 형제님이 말한 그놈들이네."

보고서에도 분명히 명시되어 있던 내용.

의문의 각성자들이 이 사이비 놈들의 센터 내부에서 통제를 하고 있다는 것.

종교 집단에 저렇게 인상 험악한 놈들이 있을 이유가 도대체 뭐가 있겠어?

이미 저 자체만으로도 이곳이 나쁜 의도로 만들어진 장소란 걸 짐작할 수 있었다.

게다가 멸악의 의지가 스멀스멀 올라오는 걸 봐서는 하나같이 빌런 놈들.

빌런 놈들이 본인들의 죄를 속죄하기 위해 이곳에 모여 있던 것도 아닐 테고.

그리고 무엇보다.

"일본산이라더니 진짜였잖아?"

일본어를 내뱉는 B급 헌터들이 한국의 사이비 단체에 합류할 이유 같은 건 아무리 생각해도 안 떠오르거든.

나는 씨익 입꼬리를 올리면서 앞으로 걸어갔다. 그리고 나를 향해 달려오는 놈들을 향해 기분 좋게 말했다.

"안녕."

그제야 내 얼굴을 확인한 걸까?

기세 좋게 몰려들던 열댓 명의 각성자가 일제히 걸음을 멈추었다.

그리고 그들 중 반짝이는 대머리가 인상적인 놈이 손가락으로 나를 가리키면서 말했다.

"브라꾸…… 포프?"

"나 알아?"

"모를 리가 없–."

콰아아아아아아앙.

순식간에 다가가서 녀석의 몸을 후려쳤다. 그러자 대머리의 몸이 벽을 뚫고 깊숙하게 박혔다.

눈 깜짝할 사이에 얼어붙는 공기.

나는 그 공기를 만끽하면서 팔을 활짝 벌렸다.

"알아줘서 고맙다. 사실, 심심해서 물어봤어. 다들 그냥 가만히 있어라. 반항만 안 하면 내가 깔끔하게 기절시켜 줄게. 알겠지? 서로 귀찮게 하지 말자고."

빨리 끝내고 국밥이나 한 그릇 하고 싶네.

내가 예전에 맛있게 먹었던 국밥집이 이쯤에 있던 것 같은데, 아직도 장사하겠지?

⁂

나는 그놈들 모두를 사이좋게 벽에다가 처박아 버린 다음, '선지자'라는 놈이 있다는 영접실을 향해 걸어갔다.

도대체 '선지자'라는 직분은 어떻게 생각해 낸 걸까?

우리 교단의 '선지자'와 비슷한 느낌이라 심히 불쾌했다.

콰아아아앙.

지하에 진입 후, 떨거지들을 정리하고 영접실로 들어가기까지 소요된 시간은 총 2분.

진입 10초. 이야기 50초. 정리 1분 되시겠다.

'영접실'이라는 팻말이 걸려 있는 방 안으로 들어서자 곧바로 눈살이 찌푸려졌다.

패시브 스킬 〈신성 불가침 Lv.Max〉가 환각을 억제합니다.

왜냐하면 방 안의 공기가 굉장히 불쾌했기 때문이다.

곳곳에 배치된 그릇 안에서 흰색의 연기가 피어오르고 있었는데, 아무리 봐도 마약인 듯했다.

영접실이 리멘님의 말씀을 영접하는 장소라는 의미라던가?

영접은 무슨.

마약을 통해서 세뇌를 진행하는 장소였던 것 같다.

"지하인데 환기는 좀 시키고 살아라, 새끼들아."

지하치고는 꽤 넓은 장소.

나는 그곳의 가운데 원탁에 앉아 있던 네 명을 바라보면서 말했다.

이 분위기 속에서 회의라도 하고 있던 걸까?

녀석들은 그 자세 그대로 얼어붙어 있었고, 나는 녀석들을 향해 성큼성큼 다가갔다.

그리고 상석에 앉아 있던 중년 남성의 옆에서 멈췄다.

"비켜 봐."

"예?"

"비켜 보라고."

"예, 예."

중년 남성은 다급하게 자리를 비켜 주었다.

나는 그가 앉아 있던 의자에 앉으면서 고개를 끄덕였다.
"네가 선지자라는 놈이냐?"
"예……."
"나 누구인지 알지?"
"그렇……습니다."
"옆에 앉아 봐. 다들 한 칸씩 옆으로."
내 말에 따라 녀석들은 일사불란하게 움직였다. 선지자라는 놈의 자리를 위해서 한 칸씩 옆으로 자리를 옮겼다.
목숨 아까운 줄은 아는 놈들이었다.
내 지시에 따르지 않으면 어떤 미래가 자신들을 기다리고 있을지 본능적으로 깨달은 것 같다.
나는 손에 끼고 있던 너클을 탁자 위에 올려 두었다. 그리고 녀석들을 둘러보면서 말했다.
"내가 오늘 여기에 왜 왔을까? 맞히는 사람한테는 특별상이 있다. 대답은 선착순이다. 늦으면……."
내 문제에 적극적으로 반응한 건 다름이 아니라 '선지자' 놈이었다.
녀석은 다급하게 손을 들어 올렸다.
"제가…… 제가 대답해 보겠습니다."
"적극적인 게 아주 보기 좋아. 그래, 대답해 봐."
"저희에게 죄를 묻기 위해서…… 오신 것 같습니다."
"죄? 너희가 무슨 죄를 지었는데."

그러자 선지자가 갑자기 무릎을 꿇으면서 눈물을 흘리기 시작했다.

"리멘님의 성서를 함부로 왜곡하고, 리멘 교단의 이름에 먹칠을 했습니다."

"정확해. 스스로의 죄를 돌아볼 줄 아는 놈이었구만. 특별상을 줘야겠어."

"감사…… 끄아아아아아아아악!"

우드드드드득.

"특별상은 오른팔 롤리팝이야. 어때, 마음에 좀 들어? 달콤하지?"

나는 녀석의 오른팔을 동그랗게 말아 버렸다.

롤리팝 사탕처럼 원으로 말려 들어간 녀석의 오른팔.

어깨에 롤리팝이 달려 있는 것 같은 모습이라 꽤 진기했다.

신성력을 통해 출혈량을 억제해서 그런가, 롤리팝 모양이 꽤 그럴듯했다.

"일본 출신 범죄자들을 데리고 사업을 하는 것도 그렇고, 내가 오늘 너희한테 궁금한 게 참 많아. 나는 그냥 단순히 우리 교단 이름 팔아서 장사하는 놈들인 줄 알았거든? 그런데 생각보다 스케일이 좀 크네?"

나는 새하얗게 질린 나머지 놈들의 얼굴을 감상하면서 기지개를 켰다.

"이왕 나쁜 짓을 할 거면 스케일 크게 벌이는 게 맞긴 하지. 어차피 걸리면 뒈질 텐데, 안 그래?"

그래도 그놈 중에 용감한 놈이 한 놈 있었다.

아까 전부터 이 '영접실'의 한쪽 벽을 흘긋거리던 스포츠머리의 남자.

어디서 주워 온 건지는 모르겠다만, 녀석은 검은색 사제복을 입고 있었다.

나는 그놈을 향해서 넌지시 말했다.

"너는 이 새끼야, 비밀 통로가 있다고 그렇게 티를 내면 어떻게 하냐? 그래도 내 앞에서 도망치려는 용기가 가상하다. 그러니 특별히 기회를 줄게."

"기, 기회 말씀이십니까?"

"도망가 봐. 나는 너 안 쫓는다. 리멘의 이름을 걸고 맹세할게."

그러자 녀석이 눈알을 굴리면서 머리도 함께 굴렸다.

그리고 고민을 시작한 지 30초 후.

"감사합니다!"

자리에서 대뜸 일어난 녀석이 눈 깜짝할 사이에 비밀 통로로 들어가 버렸다.

콰아앙.

얼마나 급했던지 그냥 벽을 뚫고 도망치더라.

하지만 잠시 후, 녀석은 다시 영접실 안으로 되돌아왔다.

그것도 '인간 공'이 되어 버린 채로 말이다.

그 '공'이 누구의 작품인지는 뻔했다.

"레오 녀석, 지난번의 내 작품이 인상적이었나 보네."

청출어람이라고, 내가 지난번에 인종차별주의자를 사용해서 만들어 낸 공보다 훨씬 완성도가 높았다.

저 자세로도 사람이 목숨을 유지할 수 있구나.

역시, 생명은 위대하다니까. 아주 끈질겨.

나는 만족스럽게 고개를 끄덕인 다음, 몸을 바들바들 떨고 있는 놈들을 향해 말했다.

"자, 그럼 슬슬 심문을 시작해 볼까?"

⚜

심문 과정은 아주 순조로웠다.

이래서 기선 제압이 중요하다.

인간 공과 인간 롤리팝.

인간으로 만들어 낸 예술 작품을 두 눈으로 본 이 이단 집단의 간부들은 앞다투어 자신들이 알고 있는 정보를 뱉어 냈다.

그래도 간부 놈들답게 알고 있는 정보들이 꽤 쏠쏠했다.

지금까지 어떤 식으로 세력을 확장했는지, 어떤 식으로 돈을 갈취했는지 등등.

셀 수 없이 많은 범죄 행각들이 입에서 흘러나왔다.

나는 녀석들이 적극적으로 심문에 동참하는 모습을 바라보면서 만족스럽게 고개를 끄덕였다.

"이래서 본보기가 중요한 거야. 특히 나쁜 놈들은 더 그래. 내가 여기서 죽겠구나, 싶어야 입을 연다니까? 안 그러냐, 레오야?"

"그렇습니다."

"입을 안 열면 보통 어떻게 하지?"

"이단이 스스로 참회할 수 있도록 도와줍니다."

"바로 그거야."

스스로 참회하지 못한다면?

우리가 도와주면 된다.

어떤 식으로 도와주는지는 영업 비밀이다.

나는 오른팔이 롤리팝처럼 접혀 버린 '선지자' 놈을 향해서 능글맞은 목소리로 말했다.

"야."

"예, 예."

"한쪽 팔이 롤리팝이 되어 버린 기분은 어떠냐?"

내 질문에 녀석은 고개를 조아리면서 대답했다.

"괜찮습니다. 살려만 주신다면…… 살려만 주신다면 상관없습니다."

목숨 앞에서는 한없이 비굴해지는 남자.

겉으로 보기에는 굉장히 멀쩡하게 생겼다. 아니, 솔직히 말하자면 진짜 우리 교단에 소속된 사제들보다 훨씬 사제답게 생겼다.

우리 교단에 소속된 친구들 대부분이 까무잡잡하고 우락부락한 근육질인 걸 생각한다면, 이 녀석은 하얗고 얇았다.

게다가 인상도 그렇다.

인자하고 바른 생활을 할 것같이 생긴 인상.

진짜로 딱 그렇게 생겼다.

"마약이랑 본인의 능력으로 사람들을 세뇌시켰다……. 사람들을 세뇌시켜서 도대체 뭐 하려고 그랬냐?"

이 녀석은 기본적으로 마법을 사용할 줄 아는 놈이었다. 사용하는 마법의 계열 역시 특이했다.

흔히들 '정신계'라고 부르는 능력.

마력을 통해 인간의 정신에 개입할 수 있는 희귀한 능력이었고, 대표적인 마법사로는 정부 소속의 강채아가 있었다.

강채아의 경우에는 정확하게 따지자면 그 하위 계열이라고 할 수 있는 환각 계열이지만, 사실 그런 세세한 분류는 중요하지 않다.

이놈이 자신의 능력과 마약의 힘을 빌려서 사람을 세뇌시키고 있었다는 게 중요할 뿐.

'선지자'는 내 질문에 몸을 벌벌 떨면서 말했다.

"그, 그건 저희도 사실 모릅니다. 저희는 그냥 시키는 대로 했을 뿐입니다."

"그래? 살고 싶어서 다른 사람 핑계 대는 건 아니고? 만약 그런 거라면 네 남은 왼팔도 사탕으로 만들-."

"아닙니다! 정말, 정말 아닙니다!"

"이 새끼 이제 내 말도 끊네. 레오야, 얘가 내 말 끊는데 어떻게 하냐?"

"그럼 제가 다른 걸 끊어 버리겠습니다."

그렇게 말하며 성큼성큼 '선지자'를 향해 다가가는 레오. 레오는 당장에라도 '선지자'의 다리를 끊을 기세였다.

"오른팔이 그리되었으니 왼쪽 다리를 끊어 드리겠습니다. 그리하면 균형이 제법 괜찮을 겁니다."

"히이이이이익! 정말입니다, 정말입니다! 정말, 저희는 그냥 시키는 대로……."

"세뇌시킨 신도들을 성적으로 착취한 것도 걔네가 시켰냐? 그리고, 마약중독자로 만든 것도 걔네가 시킨 거고?"

그러자 꿀 먹은 벙어리가 되어 버린 '선지자'.

나는 그 모습을 바라보면서 피식 미소를 지었다. 그리고 레오를 향해 말했다.

"빌런을 소탕하는 중에 빌런들의 생식기를 터트려 버렸다. 내가 유선호 장관에게 보고할 내용이다. 레오야?"

"알겠습니다."

"손으로 터트리면 더러우니 그냥 대충 의자로 찍어 버려."

"예."

"전화! 전화를…… 전화를 걸겠습니다. 마침 윗분들께서 오늘 모임을 하시는 날입니다."

생식 기능을 상실할 위협을 느끼고 나서야 마지막 발악을 시작하는 '선지자'.

오른팔을 롤리팝으로 만들어 버리는 것보다 고자가 되는 게 더 두려웠던 모양이다.

나는 손을 들어 레오를 잠시 멈춰 세웠다.

"연결해."

"예."

녀석은 왼팔로 낑낑거리면서 스마트폰을 꺼냈다. 그리고 곧바로 어디론가로 전화를 연결했다.

30초 뒤.

전화기 너머로 중후한 목소리가 들려왔다.

-무슨 일이냐.

"의원님, 이번 달 상납금은 제가 직접 찾아뵙고 드릴까 합니다! 마침 좋은 물건도 하나 준비해 뒀습니다. 혹 괜찮으시다면 지금 찾아뵈어도 괜찮겠습니까?"

-좋은 물건이라. 나에게 뭔가 받고 싶은 게 있나 보군. 물건의 상태는?

"약도 안 했습니다. 정신이 약해서 쉽게 무너졌습니다. 저희 애들이 손도 안 댔으니…… 어떻게 할까요?"

-주소를 찍어 줄 테니 이쪽으로 와라. 마침 다른 귀빈들도 계시니까 와서 인사를 올리도록.

뚝.

대강 예상이 가는 내용의 전화 통화.

짧은 통화가 끝났고, '선지자' 놈은 떨리는 왼손으로 스마트폰을 건네주면서 말했다.

"여기…… 이 주소로 가시면 윗분들이 회동을……."

"좋은 물건이 내가 생각하는 그거냐?"

"워낙 밝히시는 분들이셔서……."

"이 새끼들 재밌네. 내가 안 보고 있는 곳에서 그딴 짓을 벌이고 있었다는 거지?"

대격변이 일어나면서 지구에 엄청난 변화가 일어났지만, 어째 이런 것들은 내가 에덴으로 건너가기 전과 큰 차이가 없는 것 같다.

겉면만 달라졌을 뿐, 내면은 여전하단 걸까?

나름 빌런들을 소탕하면서 사람들에게 신호를 줬다고 생각했는데, 여태까지 너무 부족했던 것 같다.

"정치인들에 대한 처분은 정부에게 맡기는 게 내가 세운 원칙이었는데 말이야. 레오야, 너는 어떻게 생각하냐?"

이번에도 정부 측에 일임하기에는 기분이 더러웠다.

우리 교단의 이름을 팔아 이딴 짓을 벌였고, 그 새끼들이 그걸 눈감아 줬다는 생각이 드니까 도저히 그냥 돌아가고 싶지가 않았다.
레오는 내 질문에 천천히 고개를 끄덕였다. 그리고 조용히 대답했다.
"원칙은 본디 깨라고 있는 것 아니겠습니까?"
"원칙주의자의 입에서 그런 말을 들으니까 좀 신선하다. 레오야."
"예, 성하."
"찍어."
"예."
콰지지지지직—.
"끄아아아아아아악!"
영접실 내부에 비명 소리가 울려 퍼졌고, 레오는 그 비명을 들은 체 만 체하며 나머지 놈들에게도 같은 형벌을 내렸다.
나는 그 장면을 감상한 다음, 가볍게 손가락을 튕겼다.
사아아아아—.
그러자 손가락에서 뻗어 나간 신성력이 이 영접실을 채우고 있던 연기를 빠르게 제거했다.
"이럴 줄 알았으면 들어오기 전에 국밥이라도 먹고 올걸. 배고프네."
아무래도 거기에 가서 음식이라도 좀 먹어야겠다.
주소 찍힌 걸 보니까 고급 음식점인데, 먹을 게 좀 있겠지 뭐.

"레오, 너는 여기 남아서 정리하고 있어라."

"알겠습니다."

이곳의 뒤처리는 레오에게 맡긴 나는 곧바로 윗분들이 계신다는 곳을 향해 발걸음을 옮겼다.

❧

'선지자'의 스마트폰에 찍혀 있는 주소를 확인하고 도착한 부산의 어느 고급 음식점.

뛰어왔는데 한 3분 정도 걸렸다.

차를 탔으면 얼마나 걸렸을지는 모르겠다만, 헬기로 움직이기에도 뭔가 애매한 위치라서 그냥 뛰었다.

어쩌면 내일 아침 '부산에 출현한 괴생명체'라는 내용의 기사가 뜰지도 모르겠다.

뛰어오다가 시민 몇몇과 눈이 마주쳤었거든.

이곳은 전통 가옥으로 되어 있는 고급 한정식집이었는데, 입구부터가 아주 요란했다.

검은 양복을 입은 채로 입구를 지키고 있는 몇몇 경호원들.

아무래도 가게를 전세라도 낸 모양이다.

가게 앞에는 경호원으로 보이는 사람들이 무어라 자기들끼리 얘기 중이었다.

나는 입꼬리를 슬쩍 올리면서 앞으로 걸어갔다.

입구를 지키고 있는 놈들의 숫자는 총 열다섯.

하지만 그들 중 그 누구도 입구로 들어서는 나를 제지하지 않았다.

부동자세로 다리를 떨고 있을 뿐.

"그래도 눈치들은 좋으시네. 착하게들 삽시다."

멸악의 의지가 발동하지 않는 걸 봐서는 가게 측에 고용된 사람들일 수도 있었다.

나는 그들을 향해 덕담을 던져 준 다음, 연못을 지나 건물 안으로 들어섰다.

"김 의원, 그래도 이번에는 큰 걸 들여오지 않았습니까? 이걸 선거 자금으로 해서……."

"하하! 이런 자리에서 일 이야기는 좀 그렇지요. 즐깁시다!"

술에 취한 사람들의 목소리가 들려오는 방 하나.

다른 곳에서는 인기척이 느껴지지 않았기 때문에 목적지는 그곳이 분명했다.

복도를 천천히 걸었다.

음식을 준비하고 있던 직원 몇몇이 나와 눈을 마주쳤고, 나는 그들을 향해서 반갑게 손을 흔들어 주었다.

"다른 직원분들에게 오늘 영업 끝났다고 전해 주세요. 아, 그리고 나중에 돈은 꼭 받으시구요. 아시겠죠?"

내 말에 그들은 아무 말 없이 고개를 끄덕였다.

그리고 재빠르게 복도에서 물러났다.

비싼 음식점이라서 그런가, 직원들의 눈치가 아주 좋았다.

나는 만족스럽게 미소를 지었다. 그리고 곧바로 문을 열고 방 안으로 들어섰다.

그러자 진수성찬이 차려져 있는 방 내부의 풍경이 눈에 들어왔다.

마침 메인 요리가 나왔던 참인지, 때깔 좋은 갈비찜에서 김이 모락모락 올라오고 있었다.

그리고 그 앞에서는 세 명의 중년 남성이 나를 벙찐 표정으로 바라보는 중이었다.

"잠깐 실례."

나는 젓가락을 들어 갈비찜을 입에 집어넣었다.

갈빗살 사이에 절묘하게 스며든 맛 좋은 양념.

근래에 먹은 갈비찜 중에서는 단연 최고의 맛. 절로 밥을 입에 집어넣고 싶은 맛이었다.

"맛있네. 집 갈 때 포장해 가도 되려나? 어떻게 생각해, 아저씨들."

젓가락을 손에 쥔 채로 그들에게 슬쩍 질문을 던졌다.

그러자 길게 이어지는 정적.

그들은 서로의 눈치를 부지런하게 살폈고, 한 놈은 내가 들어온 입구 쪽을 바라보았다.

마치 누가 들어오길 바란다는 듯이 말이다.

"밥 먹을 땐 개도 안 건드린다잖아? 그래서 들어오지 말라고 미리 말해 뒀어."

불편한 침묵이 이어진다.

나는 그 침묵을 즐기면서 갈비찜을 계속 입에 집어넣었다.

맛있군.

진짜 집에 갈 때 싸 가야겠어.

그렇게 순식간에 갈비찜 한 접시를 해치운 다음, 내 바로 앞에 있던 양반의 와이셔츠에다가 젓가락에 묻은 양념을 닦았다.

흰색 와이셔츠에 갈비찜 양념이 묻었지만, 그 양반은 얼음처럼 굳어 있을 뿐, 미동조차 없었다.

도리어 입을 연 건 이 양반 앞에 있던 양반이었다.

"……무슨 일로 이곳까지 오셨습니까, 김시우 교황님. 저희끼리 친목을 다지고 있는 자리였는데……."

"나도 친목 좀 다지러 왔지. 아저씨가 그 '선지자'라는 놈이 말한 박 의원이야?"

내 질문에 그는 다시 입을 다물었다.

나는 주머니에서 녀석의 스마트폰을 꺼낸 다음, 곧바로 전화를 연결했다.

띠리리리링.

그러자 방금 전 그 양반의 옆에 있던 스마트폰이 울렸다.

"아저씨가 박 의원 맞네. 우리 교단의 이름을 팔아서 장사하던 놈들이 아저씨한테 줄을 댔다던데, 사실이야?"

그러자 박 의원이 기다렸다는 듯이 대답했다.

"저는 아무것도 모르는 일입니다. 그냥 평범한 사업가인 줄로만 알았습니다."

"뻔뻔하기도 하셔라."

"리멘 교단을 사칭하고 다녔을 줄은 정말로 몰랐습니다."

"그래?"

거짓말을 저렇게 뻔뻔하게 할 수 있는 것도 진짜 쉽지 않은 일이다.

살아오면서 거짓말을 얼마나 많이 해야 저런 경지에 오를 수 있는 걸까?

"그럼 리멘 교단과 관련되어 있지 않았다면, 그딴 짓을 벌여도 상관없다는 거야?"

"그게 아니라……."

박 의원이 뭐라고 변명을 시작하려던 찰나, 상석에서 가만히 앉아 있던 나이 지긋한 양반이 입을 열었다.

"김시우 교황, 당신이 무슨 일 때문에 이곳에 왔는지는 모르겠지만, 피차 얼굴 붉힐 일을 만들 필요가 있겠소? 무례를 눈감아 드릴 테니, 여기까지만 합시다."

"무례?"

"종교인이 정치인을 건드렸다가 안 좋은 기사라도 나가면 곤란하지 않겠소. 그러니 딱 여기까지만 합시다."

번역하자면 '종교인 주제에 어디서 덤비냐? 권력 맛 좀 볼 테야?'라는 건데, 나는 그 말을 듣자마자 도저히 웃음을 참을 수가 없었다.

여태까지 내가 정치인들을 건드리지 않았던 이유는 하나뿐이다.

귀찮으니까.

하지만 이번에는 선을 많이 넘었다. 분노가 귀찮음을 가볍게 뛰어넘었다.

나는 손에 들고 있던 젓가락 하나를 상석에 앉아 있던 양반을 향해 던졌다.

푸우우우욱.

그러자 젓가락이 그 양반의 어깨를 날카롭게 파고들었고, 곧 그의 입에서 비명이 튀어나왔다.

"끄아아아아아악!"

그 비명을 들으며 곧바로 상석으로 다가갔다. 그리고 남은 젓가락을 그의 허벅지에 꽂아 넣었다.

그다음, 고통에 몸부림치는 그 양반의 귓가에 나지막하게 속삭였다.

"진짜 무례가 뭔지 보여 줄게. 기대해."

⁂

세종시에 위치한 신청와대.

서신우 대통령은 창문 밖을 바라보면서 가볍게 한숨을 뱉어 냈다.

정신없는 나날들이다.

미국에 벌어진 테러, 중국의 내전.

하나만으로도 벅찬 이슈들이 터지고 있는 이 상황.

정부에서 대대적으로 준비했던 북진 작전을 잠시 중지시킬 정도로 엄청난 파도였다.

동시다발적으로 등장했던 게이트들을 성공적으로 토벌한 덕분에 한반도는 다른 지역에 비해 빠른 속도로 안정을 되찾고 있는 중이었다.

하지만 서신우 대통령은 마음속 한구석에 자리 잡은 불안감을 떨쳐 낼 수가 없었다.

언제라도 저 파도들이 이 한반도를 집어삼킬 것만 같은 기분이었다.

그렇게 서 대통령이 창문 밖을 바라보며 이런저런 생각을 정리하고 있을 때쯤이었다.

똑똑똑.

누군가 그의 집무실 문을 두드렸다.

"들어오세요."

집무실 안으로 한 노신사가 들어왔다.

서 대통령은 들고 있던 커피 잔을 책상 위에 내려놓은 다음, 반가운 얼굴로 그를 맞이했다.

"우리 유선호 장관님. 어쩐 일로 이렇게 직접 오셨습니까? 오늘 쉬는 날이라고 들었는데 말입니다."

"급히 보고드릴 사항이 있어서 들렀습니다. 마침 세종시 주변에서 미팅을 하고 있었습니다."

"급한 보고요? 그러면 비서실장에게 연락을 따로 하시지."

"그럴 경황이 없어서 말입니다."

"일단 앉아서 말씀 나누도록 하시죠."

서 대통령은 유선호 장관에게 의자에 앉는 것을 권했고, 유선호 장관은 숨을 깊게 들이마시면서 고개를 끄덕였다.

"방금 우린 커피입니다."

"감사합니다."

유선호 장관은 대통령이 직접 따라 준 커피를 조심스레 한 모금 마셨다. 그리고 대통령에게 보고를 시작했다.

"부산시에 사고가 터졌습니다."

"……게이트입니까?"

"아닙니다. 김시우 교황입니다."

문제의 원인이 김시우 교황이라는 이야기를 듣자마자 서신우 대통령의 얼굴이 심각하게 굳었다.

김시우 교황이 직접 움직이는 경우는 하나다.

신경 쓰이는 빌런을 발견했을 때.

서신우 대통령은 굳은 표정으로 유선호 장관을 바라보았고, 유선호 장관이 심각한 목소리로 말을 이어 갔다.

"부산에 리멘 교단을 사칭해서 비밀리에 신도를 모으던 집단이 하나 있었던 모양입니다. 리멘 교단 측에서 넘겨준 정보에 따르면 마약 거래, 성 착취 등 최소 14가지 이상의 범죄 행위를 확인했다고 합니다."

"……사실입니까?"

"리멘 교단 측에서 우리를 속일 이유가 하나도 없습니다."

"그딴 흉악 범죄들이 벌어지고 있는데 왜 우리 쪽에서는 아무것도 모르고 있……."

그때, 그의 머릿속에서 몇 가지 가설이 떠올랐다.

그 가설들 중에서 유력한 가설을 골라내는 건 그리 어려운 일이 아니었다.

서신우 대통령은 인상을 잔뜩 찌푸린 채로 말했다.

"비리?"

"맞습니다."

"이런 썅놈의 새끼들이 진짜!"

서신우 대통령의 입에서 거친 욕설이 튀어나왔다.

그는 책상 한쪽에 놓여 있던 물을 벌컥벌컥 들이켰다. 그리고 주먹을 꽉 쥔 채로 유선호 장관에게 말했다.

"상황은 어떻습니까?"

"좋지 않습니다. 여당 국회의원 둘, 야당 국회의원 하나. 이렇게 셋이 회동하는 자리에 김시우 교황이 직접 찾아갔다고 합니다."

그들에게 직접 찾아간 김시우 교황이 어떻게 움직였을지는 안 봐도 뻔했다.

서신우 대통령은 지끈거리는 머리를 짚었다. 그리고 이를 부드득 갈았다.

"내가 그렇게 헛짓거리를 하지 말라고 경고했었는데...... 이 씹어 먹어도 모자랄 새끼들!"

"김시우 교황이 먼저 전화를 걸어 그들에 대한 처분을 내려도 되겠냐고 묻더군요."

"어떻게 답하셨습니까?"

"허락을 필요로 하는 일이 아니라고 답했습니다. 이레귤러의 당연한 권리라고, 하고 싶은 대로 하라고 말했습니다."

"잘하셨습니다. 유선호 장관님 덕분에 그나마 숨을 돌립니다."

김시우의 도움으로 정부의 힘을 되찾은 후, 서신우 대통령이 가장 먼저 실시했던 건 비리 척결이었다.

세상이 변했음에도 불구하고 여전히 기생하고 있는 버러지들.

그들 대부분을 싸그리 긁어냈다고 생각했었다.

하지만 지금 벌어지는 상황을 보면 바뀐 게 없었다.

오히려 강화된 공권력을 이용해서 더 해 처먹을 생각들을 하고 있었다.

서 대통령은 손가락으로 책상을 두드렸다.

“우리가 여태껏 그것을 몰랐다는 건, 그쪽의 행정기관들도 관련되어 있다는 소리입니다. 유선호 장관님.”

“일본과도 관련되어 있습니다. 현장에서 일본의 빌런들을 발견했다고 합니다.”

“사사키 총리와 간만에 전화를 해야겠군요. 비서실장!”

서 대통령이 큰 목소리로 비서실장을 호출했고, 그러자 밖에서 대기하고 있던 비서실장이 다급하게 집무실 안으로 들어왔다.

“예, 대통령님.”

“부산시장, 여당 대표, 야당 대표. 검찰청장, 경찰청장. 당장 청와대로 들어오라고 전달하세요.”

비서실장은 서 대통령의 목소리에 엄청난 분노가 담겨 있다는 것을 느꼈다.

그렇기 때문에 그저 고개를 숙일 수밖에 없었다.

“알겠습니다.”

“1시간입니다.”

비서실장은 다급하게 집무실 밖으로 나갔고, 서 대통령은 다시 유선호 장관을 바라보았다.

“유선호 장관님.”

"말씀하십시오."

"이능관리부 측에서도 수사팀 편성해 주십시오. 강채아 각성자의 소속을 일시적으로 이능관리부로 변경합니다. 강채아 각성자를 중심으로 수사팀을 편성하겠습니다."

유선호 장관은 대통령의 말에 고개를 숙이며 대답했다.

"알겠습니다."

"이래서야 체면이 살지 않습니다."

서신우 대통령은 다시 한번 물을 벌컥벌컥 들이켰다.

"그가 여태까지 정치인들을 건드리지 않았던 건, 정부 측을 배려해 주겠다는 의도였습니다. 여태까지 우리를 배려해 준 셈인데, 이번에 우리가 그의 호의를 저버린 셈이지요. 안 그렇습니까?"

답답했다.

모두 힘을 합쳐서 이 재앙을 이겨 내도 모자랄 마당에, 자기 자신의 잇속을 채우려는 그 몰상식한 자들을 이해할 수 없었다.

그가 보기에는 수지타산이 맞지 않는 거래였다.

고작 찰나의 욕심에 이끌려, 더 큰 미래를 포기하는 그자들이 한심했다.

하지만 서 대통령은 그 누구보다도 돈과 권력의 속성에 대해 이해하고 있었다.

그들이 인간이기 때문에 저지르는 멍청한 짓이었다.

눈앞이 욕심에 물들어, 정확한 판단을 못 하는 자들.

"이번 사건으로 김시우 교황에게 그 어떠한 피해도 가지 않게 해야 합니다."

지금까지 정부는 김시우와 좋은 관계를 이어 왔다.

그리고 그 좋은 관계는 어디까지나 김시우의 배려로부터 시작한다고, 서 대통령은 그렇게 생각했다.

고작 탐욕에 물든 쓰레기들의 실수로 인해 그 신뢰 관계에 금이 가서는 안 된다.

서 대통령은 주먹을 꽉 쥐면서 말했다.

"긴급회의가 끝나면 제가 직접 기자회견을 진행할 겁니다."

큰 균열은 언제나 작은 불신으로부터 시작되는 법.

서 대통령은 그 작은 틈조차 주고 싶지 않았다.

그렇게 머릿속을 정리한 서 대통령은 곧바로 일본의 총리실과 연결된 핫라인을 들었다.

잠시 후, 전화기 너머로 사사키 총리의 목소리가 들려왔고, 서 대통령은 분을 삭이면서 말했다.

"좋은 저녁입니다, 사사키 총리님. 긴히 나눌 이야기가 있습니다."

⁂

확실히 정부의 행동은 빨랐다.

[“……사상 최악의 비리 사건을 조사하기 위하여 이능관리부, 검찰, 경찰이 함께하는 특별수사본부를 설치할 예정입니다. 또한 이번 사건과 관련된 모든 것을 샅샅이 파헤쳐, 예외 없는 수사를 진행할 예정입니다.”]

내가 정부 쪽에 연락한 지 불과 1시간 만에 서 대통령이 직접 카메라 앞에 서서 기자회견을 진행했다.

기자회견의 내용을 요약하자면 다음과 같다.

1. 특별수사본부를 설치하여 이번 사건을 철저하게 조사하겠음.

2. 국회의원이고 뭐고 예외 없음.(현행범이므로 불체포특권 없음.)

3. 굉장히 화가 나는 상황. 비리와 연관된 자들에게 자비 따위 베풀 생각 없음.

나는 TV를 통해 송출된 기자회견을 바라보면서 국밥을 한 숟가락 먹었다.

부산으로 오면서 생각했던 돼지국밥이 아니라 한우가 잔뜩 들어간 특제 한우국밥이었지만, 맛은 아주 굉장했다.

가게에서 오직 나를 위해 끓여 준 국밥이라서 그런가?

고급 한정식집답게 주방에 계신 분들의 실력이 뛰어난 듯했다.
"국회의원이고 뭐고 예외 없다는데? 아저씨들, 어떻게 생각해?"
나는 국밥 위에 갈비찜을 올려서 입으로 집어넣은 다음, 슬쩍 내 앞에서 동상처럼 굳어 있는 양반들을 쳐다보았다.
아까 전에 내가 젓가락을 꽂아 넣었던 양반의 출혈은 이미 멈춰 있었다.
내가 젓가락을 박은 채로 지혈을 해 주었기 때문이다.
"청소가 참 힘들다."
지난번의 청소가 빌런들을 겨냥했던 청소라면, 이번 청소는 종류가 달랐다.
빌런, 더 나아가 빌런들과 연관되어 있는 세력들을 겨냥한 청소.
사회가 존재하고 권력이 존재하는 곳이라면 부정부패가 일어나는 건 당연한 섭리다.
인간은 원래 그런 존재니까.
탐욕으로 인해 그 어떤 짓이든지 벌일 수 있는 게 인간이다.
하지만 그렇다고 해서 부정부패가 당연시되면 안 되는 거다.
적어도 나는 그렇게 생각한다.
썩은 살을 도려내지 않는 이상 새살은 다시 자라나지 않는다.

“그래도 아저씨들 덕분에 쓸 만한 정보를 얻었다. 고마워.”

간단하게 진행된 심문.

각성자도 아닌 놈들이라 그런지, 녀석들은 약간의 고통에도 술술 아는 정보를 내뱉었다.

아까 전에 만났던 그 일본의 각성자들.

그들의 정체는 다름 아니라 ‘욱일회’ 소속 각성자들이었다.

순식간에 일본의 주류 세력에서 밀려난 욱일회의 잔당이 한국과 일본을 오가면서 범죄에 개입하고 있었던 것이다.

나는 국밥을 국물까지 마신 다음, 들고 있던 숟가락을 박 의원에게 던졌다.

그러자 숟가락이 박 의원의 이마에 정확하게 부딪쳤다.

따아아아악.

“끄으으.”

박 의원이 신음을 흘렸다. 숟가락에 맞은 이마에서 피가 주르륵 흘러내렸으나 그는 피를 닦을 생각조차 하지 못했다.

“범죄자 새끼들이 세뇌시킨 피해자들로 성욕도 채우고, 돈도 받을 때는 좋았잖아. 그 값을 이제 지불하는 건데, 불만을 가지면 안 되지.”

이단들을 심판하기 위해 택했던 부산행이 이런 결과를 낳을 줄은 꿈에도 몰랐다.

하지만 이것도 이것 나름대로 마음에 드는 변화였다.

내가 이번에 제대로 본보기를 보여 주었으니, 다음부터는 이런 짓을 벌이는 사람들이 줄어들 것이다.

언제든지 김시우가 움직일 수 있다.

사람들은 나쁜 짓을 벌이기 전에 한 번쯤은 그런 생각을 하게 될 테니까.

똑똑똑.

문밖에서 누군가 문을 두드렸고, 곧 그 너머로 익숙한 목소리가 들려왔다.

"교황님, 김 실장입니다."

"우리 김 실장님, 어서 오세요."

곧이어 김 실장이 방 안으로 들어왔다.

김 실장은 나를 보자마자 정중하게 허리를 숙여 인사를 건넸다.

"식사를 하고 계신 중이신 듯하여 기다리고 있었습니다. 식사가 끝나셨다면, 이 범죄자들을 데려가도 되겠습니까?"

"나쁜 짓은 이 새끼들이 벌이고, 고생하는 건 우리 김 실장님이고. 생각해 보니까 너무 괘씸하네요."

서울이었다면 퇴근하고도 남을 시간이었지만, 김 실장은 나 때문에 강제 야근하는 신세가 되어 버렸다.

솔직히 살짝 미안했다.

직장인에게 있어서 칼퇴는 그 무엇보다 중요한 거거든.

그러나 김 실장은 고개를 숙인 채로 말했다.

"고생은 교황님께서 하셨는데, 오히려 저희가 부끄럽습니다. 이런 쓰레기들을 제대로 청소하지 못한 것에 대해 죄송할 뿐입니다."

김 실장은 그렇게 말하며 뒤쪽을 향해 손짓을 했고, 곧이어 이능관리부의 직원들이 방 안으로 들어섰다.

그들은 바닥에 굳어 있던 세 명의 국회의원들의 팔을 강하게 움켜쥐더니, 그 쓰레기들을 마대 자루처럼 질질 끄며 밖으로 나갔다.

"철저하게 수사할 예정입니다. 수사 장소는 이능관리부의 지하입니다."

"오, 거기 빌런들 전용 아닙니까?"

"최근에 레오 대주교로부터 컨설팅을 받은 곳이기도 합니다. 그러니 걱정하실 필요 없습니다."

김 실장은 끌려 나가는 쓰레기들을 슬쩍 쳐다본 다음, 분노를 삭이면서 말했다.

"저들은 앞으로 편하게 잠들 수 없을 겁니다."

"무섭네요 좀."

"무섭기로 따지면 신전의 지하실이⋯⋯ 아닙니다."

우리 신전의 지하실에 대한 소문이 벌써 퍼진 건가? 그곳의 정체 역시 영업 비밀인데 말이야.

그렇게 내가 김 실장이랑 이야기를 주고받고 있을 때쯤이었다.

대주교 '레오 루멘'이 잘못된 길로 향하고 있던 신도들을 바로잡았습니다!
당신의 교단에 새로운 광신도들이 들어옵니다.
신도 '이은택'이 〈이단심문관〉으로서의 재능을 완벽하게 개화합니다!
숨겨진 업적 〈신앙으로 대동단결〉을 달성하셨습니다!
업적 달성으로 인해 신성 점수를 획득…….

빠르게 내려가는 메시지 창들.

나는 그 메시지 창을 바라보면서 씁쓸한 미소를 지었다.

"레오야……."

……레오를 혼자 두고 오는 게 아니었는데.

이번엔 도대체 어떤 미친 짓을 벌이고 있는 걸까?

❧

쓰레기들을 김 실장에게 인계한 후, 나는 레오가 피해자들을 데리고 일종의 '교육'을 진행 중이라는 도깨비 길드의 부산 지부로 향했다.

그리고 그곳에서 레오가 새롭게 벼려 낸 '광신도'들을 마주할 수 있었다.

"교황 성하!"

"잘못된 길을 걷던 지난날의 저를 용서해 주세요!"
"저희에게는 오직 리멘님뿐입니다!"
"부디 이 죄인을 거두시어, 리멘님의 영광을 위하여 불타오르게 하소서!"
난생처음 보는 사람들.
하지만 그들의 몸속에서는 리멘을 향한 신앙이 정말 불같이 타오르고 있었다.
도대체 레오가 이 사람들에게 어떤 기름을 끼얹은 걸까?
게다가 레오의 옆에 서 있던 이은택 씨가 굉장히 뿌듯한 표정으로 나를 바라보고 있었다.
마치 자신들을 칭찬해 달라고 하는 듯한 모양새였다.
"오셨습니까, 성하."
레오는 한 손에 성서를 든 채로 나에게 다가왔다.
나는 레오와 광신도들을 번갈아 쳐다본 다음, 한숨을 내쉬면서 말했다.
"뭐 하고 있었냐?"
"잘못된 길을 걸었던 불쌍한 자들을 바른길로 인도하는 중이었습니다."
"그래?"
"예."
리멘 교단의 대주교로서 옳은 길을 제시해 주는 건 당연한 일이긴 하다.

그런데 말이지, 그 옳은 길이란 게 말이야.

"리멘님의 적을 지옥 끝까지 추적해서 섬멸하겠습니다!"

"다른 이들이 다시는 저희 같은 실수를 하지 않도록 온몸을 불사르겠습니다!"

"리멘님께 목숨을!"

"리멘님께 영광을!"

저렇게 처절하게 부르짖는 게 정말 옳은 길이 맞는 걸까?

현기증이 날 지경이다.

지금 우리 교단에서 양성하고 있는 이단심문관들조차도 살짝 버거울 지경인데, 저 사람들은 거기에서 한술 더 뜨는 것 같다.

리없죽 회원들의 광기?

그들의 광기는 지금 저 사람들이 보여 주고 있는 광기에 비교한다면 가짜일지도 모른다.

내가 그들을 보면서 할 말을 잃고 있을 때쯤, 어느새 내 옆으로 다가온 레오가 조용한 목소리로 말했다.

"비록 저들이 잘못된 길을 걷고 있을지언정, 리멘님을 향한 신앙만큼은 확실했습니다. 저는 그저 그 방향을 제대로 잡아 주었을 뿐입니다."

레오는 자신의 외눈 안경을 벗어서 주머니에 집어넣었다. 그리고 보기 드문 미소를 지었다.

"한국 속담에 이런 게 있습니다. 고기도 먹어 본 놈이 많이 먹는다고…….”

“속담을 무슨 한국인인 나보다 에덴인인 네가 더 잘 아는 것 같은데?”

“트리위키에서 자주 챙겨 보고 있습니다.”

“다 떠나서, 그 속담이 왜 여기에서 나올까?”

그러자 레오가 당연하다는 듯이 대답했다.

“이단 역시 마찬가지입니다. 이단에 한번 넘어갔던 자들이야말로 이단을 제대로 이해할 수 있다고 생각합니다.”

“……그래서?”

“저들을 이단심문관 양성 과정에 편입시킬 것을 성하께 정식으로 건의드리겠습니다.”

정말 생각지도 못했던 발상의 전환이었다.

레오라면 이단에 넘어갔던 이들을 신전의 지하실로 곧장 데려가서 죄를 묻지 않을까 했는데, 이런 곳에서 발상의 전환을 이루어 냈을 줄이야.

게다가 더욱 놀라운 건.

“……그럴듯한데?”

나 역시 레오의 논리에 넘어갔다는 사실이다.

나는 손으로 턱을 쓸면서 고개를 끄덕였다.

“일부는 세뇌를 당했던 것 같던데, 그 문제는 해결했어?”

“세뇌를 당했던 신도들은 제가 직접 신성력으로 전신을 씻어 주었습니다. 뇌까지 파고든 마력들 역시 신성력으로 꼼꼼하게 제거하였습니다. 그 부분에 대해서는 걱정하지 않으셔도 좋습니다."

레오는 그 어느 때보다 적극적인 목소리로 말을 이어 갔다.

"성하, 저는 이단심문관들이 많을수록 좋다고 생각합니다. 훈련받은 이들이 전국, 더 나아가 전 세계로 뻗어 나가는 모습을 상상해 보십시오."

레오의 말대로 그 모습을 상상했다.

레오와 라파르트 대주교로부터 직접 교육을 받은 수백의 이단심문관들이 전 세계를 누비는 모습.

그 모습은 상상만으로도 충분히…… 아찔했다.

"대한민국의 주요 수출 상품 중에 리멘 교단 광신도가 포함되겠네."

"정보가 그 어느 때보다 중요한 시대 아니겠습니까? 전 세계로 뻗어 나간 이단심문관들은 이단을 찾아내는 것 의외에도 각지의 정보를 조사하는 임무를 맡게 될 것입니다. 에덴에서도 그러했듯, 이단심문관들은 교단의 범세계적인 첩보 조직의 기능을 수행할 수 있습니다. 그리고 또한……."

"해."

"더욱더 다양한 임무를…… 예?"

"하라고. 내가 안 보이는 곳에서 일을 꾸미는 것보다야 내가 보는 곳에서 일을 하는 게 낫지."

내 허락 없이 리없죽이라는 광신도 단체도 만들어 낸 전적이 있는 레오였다.

그런 녀석이 저렇게까지 열정을 쏟고 있는데, 하지 말라고 그런다고 안 할 리가 없다.

인간 심리가 원래 그렇거든.

하지 말라고 하면 더 하고 싶은 심리가 있다.

"그런데 저 사람들 중에서 각성자는 몇이나 있냐?"

"총 숫자는 42명. 그중에서 각성자는 다섯 명입니다."

"수준은?"

"성하께서 예상하시는 대로입니다."

세뇌에 당할 정도라면 수준이 높은 각성자는 아니다. 그리고 마약 따위의 저급한 수단에 당하지도 않을 테고.

나는 한숨을 내쉬면서 고개를 끄덕였다.

"사건을 수습하러 왔다가 혹덩이를 붙이고 가는 기분인데."

"그럴 리가요. 성하, 저들은 교단의 큰 복입니다."

"……두고 보면 알겠지."

이단 출신의 이단심문관.

뭔가 이상하면서도 그럴듯하다.

이단 하나만큼은 제대로 잡아 줄 것 같은 느낌이 있다.

나는 나를 향해 계속해서 부르짖는 예비 이단심문관들을 바라보면서 씁쓸하게 미소를 지었다.

광신도를 조심하겠다고 다짐을 했건만, 역시 세상은 내 마음대로 되지 않는 것 같다.

그나저나 이은택 씨의 표정도 아까부터 뭔가 좀 이상한 것 같은데.

왜 저 광신도들을 사랑스러워 죽겠다는 표정으로 쳐다보는 거지?

이런 내 시선을 의식했는지, 이은택 씨가 밝은 목소리로 말했다.

"이단심문관의 길을 선택하길 잘했다는 생각이 듭니다."

"……갑자기?"

"이 얼마나 뿌듯한 장면입니까? 제가 찾아낸 이단들이 회개하여 리멘님을 위해 모든 걸 바칠 결심을 하는 모습! 보는 것만으로 가슴이 터질 것만 같습니다. 저에게 새로운 인생의 의미를 찾아 주신 성하와 리멘님께 진심으로 감사를……."

나는 그 말을 들으며 고개를 절레절레 내저었다.

아무리 봐도 내 주변엔 정상이 없어.

리멘 교단, 이대로 흘러가도 되는가?

❦

고단한 하루를 끝내고 신전에 돌아왔다.

나는 먼저 헬기를 타고 돌아왔고, 레오와 이은택 씨는 새로운 신도들과 함께 KTX를 타고 오는 중이었다.

돌아오면서 봤는데 성지의 바깥쪽에 기자들이 진을 세우고 있더라.

성지 내부에서 진을 치는 건 우리 교단의 허락 없이는 불가능했기 때문에 차선책으로 입구에서 대기하고 있는 거다.

아마도 내가 오늘 국회의원 셋을 손봐 줘서 그런 거겠지.

기자들에 관한 문제는 서태호 기자 쪽에 소스를 흘려 주면 알아서 해결될 것이다.

최근 들어 우리 교단의 언론 대응은 대부분 서태호 기자를 통해 이루어지는 편이다.

내가 직접 기자들을 상대하는 것도 나쁘지는 않지만, 기자들까지 상대하기에는 오늘은 좀 피곤했다.

"오셨습니까, 교황님!"

헬기에서 내린 나를 가장 먼저 반겨 주는 건 다름 아닌 라파엘이었다.

라파엘은 방금 전까지 뭔가를 하고 있던 모양인지, 그의 주위에는 반짝거리는 드론들이 돌아다니고 있었다.

"뭐 하고 있었어요?"

"아! 아무래도 성지 주위의 방공 시스템이 부족한 것 같아서, 광산에다가 방공 시스템을 설치하고 있었습니다. 밥값은 해야 하지 않겠습니까? 천벌이랑 이것저것 해서 대강 방공 시스템을 구축해 뒀습니다. 지난번처럼 성지 바로 위에 적들이 나타날 수도 있으니까요."

굳이 시키지도 않았는데 알아서 일을 찾아서 해 주는 라파엘.

워커홀릭의 기질이 다분해 보였다.

처음에는 미친놈을 데려오는 것 같아서 기분이 좀 찝찝했는데, 그래도 밥값 이상을 해 주는 사람이다.

"내려가서 한바탕 시원하게 하고 오셨다는 소식 들었습니다."

"그 소식은 또 언제 들으셨대?"

"작업 중에 데이비드가 말해 줬습니다. 그런 재밌는 일을 혼자서 하시다니. 저도 데려가 주셨으면 더 좋았을 텐데요."

"그러면 외교 문제인데?"

"아, 그게 그렇게 됩니까? 하하!"

미국의 이레귤러가 한국의 정치인을 위협했다.

딱 봐도 맛있어 보이는 기사 제목이다.

라파엘은 시원하게 웃음을 터뜨렸다.

"교황님께서 돌아오시는 걸 기다리고 있었습니다. 다른 분들은 아마 교황님의 집무실에서 대기하고 있을 겁니다. 함께 가시죠."

"퇴근하려고 했는데."

"일이 좀 생겼습니다."

아, 무슨 또 일이야.

퇴근할 생각에 기분이 좋았는데, 일이 생겼다는 말에 다시 스트레스가 끓어올랐다.

부패한 정치인들을 청소하는 것만으로도 오늘 할 일은 다 끝낸 건데, 진짜 나를 가만히 두지 않는다.

도대체 언제쯤 평화로운 휴식을 만끽할 수 있는 걸까?

나는 바닥이 꺼지도록 한숨을 내뱉었다. 그리고 라파엘과 함께 신전의 집무실로 들어섰다.

"오셨습니까, 성하."

집무실 안에는 라파르트 대주교를 비롯하여 루나, 오준우 씨, 거기에 도깨비 길드의 최 대표와 설화, 민수 씨까지.

우리 교단의 간부들과 우호 세력의 대표들까지 한곳에 모여 있었다.

뭔가 일이 생기긴 생긴 모양이다.

"이 늦은 시간에 모여서 제 뒷담화라도 하고 계셨나요? 연락도 없이 이리 모여 계시니 당황스럽네요."

직감적으로 느껴진다.

피곤한 일이 벌어진 게 틀림없었다.

나는 그들이 나를 위해 비워 둔 상석에 앉았다. 그리고 해탈한 표정으로 말했다.

"시작합시다."

"예!"

내 목소리에 가장 먼저 반응한 건 라파엘이었다.

라파엘은 TV를 켜더니 곧바로 영상을 하나 재생했다.

높은 화질로 녹화된 영상.

영상 속에서는 드높은 요새를 배경으로 듀라한을 비롯한 상위급 언데드들이 부지런하게 움직이고 있었다.

"교황님께서 저에게 말씀해 주셨던 죽은 것들의 요새를 촬영해 봤습니다. 3시간 전 강력한 차원 공명 현상이 일어났던 지점이기도 합니다."

3시간 전이라.

내가 한창 높으신 양반들을 갈구고 있었을 때쯤이군.

"관측기를 통해서 차원 공명 현상을 감지한 즉시 정찰용 드론을 보냈습니다. 보시고 계시는 영상은 그 드론이 촬영한 것입니다."

라파엘이 직접 개조한 촬영용 드론이라서 그런가, 화질이 정말 깨끗했다.

듀라한이 들고 있는 머리통에 머리카락이 몇 가닥 붙어 있는지도 확인할 수 있는 수준이었다.

다크 엘프 장로로부터 들었던 '죽은 것들의 요새'.

아직까지 작전 계획에 포함되지 않은 곳이라 잠시 내버려 두고 있었던 곳이었는데, 이곳에 문제가 발생한 듯했다.

영상은 요새의 전체를 한번 훑은 다음, 곧바로 문제가 발생한 지점을 향해 다가갔다.

요새 위에 생성된 거대한 붉은색의 게이트.

게이트의 색깔이 보통 보라색이었던 걸 생각해 본다면 굉장히 특이한 색깔이었다.

얼핏 보면 선홍빛에 더 가까운 것 같기도 하고.

하지만 색깔이 특이하다고 해서 이 바쁜 사람들을 한자리에 모았을 리는 없을 터.

"하이라이트는 지금부터입니다."

라파엘의 멘트와 함께 영상의 분위기가 급변하기 시작했다.

콰우우우우우우!

붉은색의 게이트에서 거대한 몸집의 괴물 두 마리가 뛰쳐나오더니, 곧바로 요새를 습격하기 시작했다.

검은색의 끈적한 점액질을 몸에 두른 괴물들.

언데드들이 곧장 반격을 시작했다.

리치들과 데스 나이트들을 필두로, 꽤 큼지막한 공격이 이어졌다.

하지만 녀석들의 공격은 괴물들에게 그다지 큰 피해를 입히진 못한 듯 보였다.

기껏해야 그 괴물들이 두르고 있는 점액질을 조금 벗겨 냈을 뿐, 치명적인 타격은 없었다.

꾸르르르르르르륵.

괴물들의 몸에서 흘러나온 점액질이 언데드들을 집어삼킨다.

그 자리에 있던 모든 언데드들이 순식간에 그 점액질에 잡아먹혔다.

기이할 정도로 불길한 침묵이 잠시간 이어진다.

그렇게 얼마나 시간이 흘렀을까?

요새 전체를 뒤덮였던 점액질 사이에서 언데드들이 다시 모습을 드러냈다.

재등장한 언데드들의 상태는 이전과 다소 달랐다.

온몸에 검은색 점액질을 덕지덕지 바른 모습.

방금 전까지만 해도 적의를 드러내며 거대한 괴물들에게 달려들었던 모습은 이미 온데간데없었다.

리치든, 데스 나이트든.

불사의 군단이 거대한 괴물 두 마리 앞에 질서 정연하게 도열하기 시작했다.

그리고 잠시 후, 거대한 괴물 중 한 마리가 아가리를 벌렸다.

아가리에 모인 붉은색의 기운이 드론을 향해 쏘아졌고.

치지지지지직-.

영상은 그것을 끝으로 종료되었다.

나는 그제야 저 괴물들의 정체를 알아차릴 수 있었다.

아가리에 기운을 집중시켜서 쏘아 보내는 종족은 내가 알기로는 딱 하나뿐이다.

드래곤.

처음에는 검은색 점액질에 뒤덮여서 쉽게 분간할 수 없었지만, 마지막 그건 분명히 브레스였다.

그것을 깨달은 순간, 내 눈앞에 새로운 메시지창이 떠올랐다.

> 당신에게 〈시나리오 - 격의 시대〉의 첫 시나리오 퀘스트가 부여됩니다.
> 해당 퀘스트는 거절할 수 없습니다.
> 시나리오 퀘스트 〈검은 날개〉를 시작합니다.
> 한반도에 등장한 〈사도〉를 처치하십시오.

"나 이러다가 과로사해."

"성하가 예전에 했던 말이 떠오르네요. 사람은 쉽게 안 죽는다고."

"루나야."

"예, 성하."

"10분만 닥쳐 줄래?"

나 진짜 언제 쉬어?

죽어서 쉬나?

용용 죽겠지

우리가 확인한 녹화본은 회의가 끝나는 즉시 정부 측으로도 전송되었다.

〈죽은 것들의 요새〉가 있는 장소는 비록 아직 미수복 지역이긴 했지만, 누가 보더라도 이 상황은 대한민국의 안보에 치명적인 위협으로 다가올 수 있었기 때문이다.

정부에서 꽤 신중하게 대응하지 않을까 생각하고 있었는데, 정부의 반응은 의외로 과감했다.

몬스터 웨이브가 시작되기 전에 먼저 병력을 동원하여 선제 타격하는 게 좋을 것 같다, 이런 적극적인 의견을 제시하더라.

—동원할 수 있는 모든 전력을 동원하겠습니다.

그만큼 정부 측에서도 영상을 심각하게 받아들였다는 소리다.

검은색 점액질로 뒤덮인 드래곤 두 마리.

영상만으로도 위협적인 놈들인 건 틀림없었다.

드래곤이란 무엇인가?

명실상부한 최강의 종족이다.

마력의 정점에 서 있는 존재들.

태어나서부터 엄청난 마력 적성을 지니고 있으며, 걸음마를 배우는 것 대신에 마법부터 깨치는 녀석들이다.

적어도 에덴의 드래곤들은 그랬다.

비록 에덴의 드래곤들은 마왕들에 의해 참혹하게 살해당했지만, 마왕에게도 적잖은 타격을 줬었다고 한다.

심지어 7마왕 중 하나인 탐욕의 마왕 마몬의 별칭은 마룡왕이었는데, 그는 유일한 비마족 출신의 마왕이었으며, 녀석의 출신 종족은 드래곤이었다. 정확히는 타락한 드래곤을 의미하는 마룡.

물론 내가 직접 녀석의 드래곤 하트를 으깨 버렸다.

하여간에 콧대 높은 마족들조차 인정할 수밖에 없을 정도로, 드래곤이라는 놈들은 강력한 종족이다. 그리고 그런 드래곤이 두 마리나 저곳에 등장한 거다.

지구의 각성자들에게는 굉장히 벅찬 수준의 상대.

에이든이나 라파엘 정도의 이레귤러라면 충분히 감당할 것 같긴 하지만, 변수가 너무 많았다.

"검은색 점액질에 대한 표본을 조사해 왔어야 했는데."

드래곤을 뒤덮고 있던 그 검은색 점액질.

예전에 설화를 구출했을 때 마주했던 그 점액질과 관련되어 있어 보이기는 하다만, 정확한 정보를 확인할 수가 없다.

정보가 너무 부족했다.

하지만 언제나 방법은 있는 법.

"쫓겨난 그 녀석들 중 한 명이다."

"그래?"

"확실하다. 다른 존재면 몰라도, 내 감각으로부터 벗어날 수는 없다. 그런데 교황."

"응?"

"손에 들고 있는 그 공을 멀리 던져 주면 안 되겠나? 보고만 있어도…… 참을 수가 없군."

나는 〈죽은 것들의 요새〉에서 일어난 이상 현상에 관련된 정보를 베스로부터 얻어 낼 수 있었다.

그래도 이 녀석은 영물답게 아는 게 많았다.

딱 한 가지.

휙.

멍!

처음 만났을 때에 비해 영물로서의 존엄성은 거의 사라졌다는 게 문제지.

이젠 그냥 말할 줄 아는 개 수준이다.

내가 공을 던져 주니까 좋다고 꼬리 흔들면서 달려가는 것 좀 봐라.

눈 깜짝할 사이에 공을 물어 온 베스는 내 앞에다가 공을 뱉었다.

그리고 언제 그랬냐는 듯, 근엄한 목소리로 나에게 의지를 전했다.

"혹시 모를 전투를 대비해 훈련 중이다. 오해하지 말도록."

"누가 뭐래?"

"오해할 것 같아서 하는 말이다."

"오해는 안 하니까 걱정하지 말고."

"다행이군."

원래부터 베스를 반려동물로 생각하고 있었다. 시연이가 배를 긁어 주면 좋아하고, 놀아 주면 좋아하고.

장난감 공을 물어 오는 베스의 모습이 애완동물 같다는 건 오해가 아니다.

팩트일 뿐.

그래서 오해는 안 한다.

하지만 구태여 그 생각을 입 밖으로 꺼내서 기분을 거슬리게 하고 싶지는 않……."

"정말 나를 그렇게 생각했던 건가?"

아, 실수로 생각이 새어 나갔나 보네.

나는 손을 내저으면서 대답했다.

"그럴 리가. 그만큼 너와 평생을 함께하고 싶다, 이런 의미였지."

"아닌 것 같은데."

"정말이야."

이래서 눈치 빠른 영물들은 참 곤란하다니까?

이 녀석이 최근에 신목 덕분에 신성력에 대한 이해도가 높아져서 그런가, 신성불가침을 뚫고 내 생각을 엿보려고 든다.

조심해야겠어.

"다른 인간들을 끌고 가는 건 그리 좋은 선택이 아닐 거다. 그 녀석들의 힘에 노출된다면, 순식간에 그들의 노예가 되어 버릴 것이다."

"언데드들조차 복속시킨 힘이니까, 그건 당연한 거겠지. 알고 있어."

그 검은색 점액질이 언데드조차 복속시킨 것을 보면 살아 있는 것들에겐 더 치명적으로 작용할 것이다.

현 상황을 정리하자면 다음과 같다.

1. 대량의 언데드 군단이 녀석들의 손에 넘어갔다.

2. 점액질이 보여 준 장면을 고려했을 때, 병력을 동원하는 건 위험하다.

3. 따라서 최소한의 병력만으로 이번 일을 해결해야만 한다.

내가 봐도 깔끔한 정리다.

정부 측에서 병력을 동원하겠다고 말은 했지만, 그것은 오히려 패착으로 작용할 가능성이 높았다.

동원되는 병력이 많을수록 질이 떨어질 것이고, 그 질이 떨어지는 병력은 점액질에 노출되면 적으로 돌변할 것이다.

따라서 결론은.

"이번에도 소수 정예."

이번 사태도 최대한 적은 병력으로 해결을 봐야 된다는 것.

이번에도 내 체력이 싹싹 갈려 들어갈 것이라는 아주 희망찬 결론이었다.

내 속에서 분노가 끓어오를 때쯤, 베스가 내 다리에 머리를 박으면서 말했다.

"이번에는 나도 함께하겠다."

"엥? 요양 더 해야 하는 거 아니야?"

"그 녀석들이 본격적으로 움직이기 시작했다. 신격을 막아내는 건 어려운 일. 이 땅이 그들에게 넘어가는 건 두고 볼 수 없다."

신목 덕분에 몸이 꽤 좋아졌는지, 베스의 목소리는 단호했다.

나야 환영이지 뭐.

베스가 전투를 하는 모습을 본 적은 없다지만, 그래도 영물이다.

이름값은 하겠지.

나는 베스의 머리를 슬쩍 두드렸다.

"좋지."

"그런데 왜 자꾸 머리를 두드리나?"

"두드리기 좋아서."

"그렇군."

"그런 거지."

그래도 든든한 동료 하나가 이번 원정에 함께하는구나.

나 혼자만 고생할 수는 없지.

암.

⁂

다음 날 아침.

까아아아아앙-.

아침 업무를 시작한 내가 가장 먼저 들른 곳은 성지에 위치한 대장간이었다.

"거 꼼꼼하게 제련하라고!"

"아, 그렇게 만들면 안 된다니까!"

"이게 어려워? 어? 이 녀석들아, 이건 내가 걸음마를 시작할 때부터도 할 수 있던 거였어!"

대장간을 가득 채우는 토비의 거친 목소리.

예전에는 토비 혼자서 이 대장간을 이용했지만, 지금은 아니었다.

대장간에는 20명 정도 되는 사람들이 분주하게 돌아다니고 있었다.

그들은 현재 토비가 직접 길러 내고 있는 수련생들.

예전에 우리 교단의 신성석 광산에서 채굴을 도와주던 마이스터 길드 〈아나키〉 소속의 길드원들 되시겠다.

그들은 생산 계열 플레이어들이었던 만큼 드워프로부터 많은 것을 배우길 원했다.

그 결과가 바로 이거다.

"성하! 오셨습니까!"

열심히 수련생들을 갈구고 있던 토비가 나를 발견하자마자 빠르게 달려왔다.

나는 토비를 향해 가볍게 손을 흔들었다.

"아침부터 열심히 작업 중이시네요."

"마룡이 나타났다는 이야기를 듣고 가만히 있을 수가 있어야지요. 마침 남아 있는 미스릴도 있겠다, 바로 무기를 제작 중이었습니다."

드워프들은 원래 드래곤들과 사이가 안 좋다.

타락한 드래곤인 마룡과는 더 사이가 안 좋고.

토비의 눈빛에서는 그 어느 때보다 뜨거운 투지가 불타오르고 있었다.

"교황님! 저도 있습니다!"

"라파엘은 요새 어디를 가나 있네. 활동량이 아주 그냥 두 개의 심장이야."

"라지성이라고 불러 주십시오."

"……라지성?"

"두 개의 심장, 라지성."

"아."

에이든도 그렇고 라파엘도 그렇고, 왜 하나같이 적응력이 괴물 같은 거지?

이세계에 한번 다녀와서 그런가?

진짜 오픈 마인드다.

다른 사람이 들었으면 한국인이 아닌가 했을지도 모르는 드립이었다.

나는 라파엘을 향해 작게 한숨을 뱉어 낸 다음, 다시 토비에게 물었다.

"뭘 만들고 계셨습니까?"

"성하, 기억나십니까? 마룡왕의 군단과 싸울 때, 마룡왕 측의 마룡들을 처리하기 위해 만들었던 그 무시무시한 무기 말입니다."

그 말에 따라 탐욕의 군단과의 전투를 떠올려 보았다.

마룡들이 다수 포함되어 있던 군단이라서 상대하기 까다로웠던 전투였기도 했다.

드워프들이 마룡들을 상대하기 위해서 만들었던 무기라.

생각해 보니 하나 있었다.

드래곤의 단단한 피부를 뚫고 내부에 타격을 주기 위해서 개발했던 무기.

"드래곤 슬레이어."

유치찬란한 이름만큼이나 효과 하나만큼은 확실했던, 작살 형태의 무기 되시겠다.

내 말에 토비가 박수를 쳤다.

"맞습니다."

"사용하기 굉장히 까다로웠던 걸로 기억하는데."

드래곤은 마법의 생물이라는 별명까지 있을 정도로 마법에 능했다.

그것은 타락한 드래곤인 마룡 역시 마찬가지.

리치들조차 함부로 명함을 내밀 수 없는 수준의 흑마법을 난사할 정도로 강력했고, 방어 역시 마법을 통해서 이루어졌다.

드래곤 슬레이어의 절삭력은 어마어마했지만, 기본적으로 마룡들이 펼치는 방어 마법부터 무력화시켜야만 사용이 가능했다.

무기의 기본적인 원리는 두꺼운 피부를 뚫고 들어가서 내부에서 폭발하는 것.

따지고 보면 현대의 벙커 버스터들과 비슷…….

"재밌어 보이는 무기라서 제가 손을 좀 보고 있습니다. 벙커 버스터의 느낌도 있어서, 벙커 버스터의 원리들을 이용해서 개조를 진행 중이었습니다."

원래는 드래곤 스케일을 뚫은 다음, 슬레이어에 내장되어 있는 마정석 폭탄으로 충격을 주는 거다.

하지만 라파엘의 눈에서 비치는 광기를 보아하니 마정석 폭탄에서 그칠 생각이 없는 듯했다.

"생각해 보십시오. 드래곤의 두꺼운 피부를 뚫고 내부에 전술핵을 심은 다음 터트리는 모습! 상상만 해도 가슴이 웅장해지지 않습니까?"

"어우."

그건 진짜 몸속에서 핵폭탄이 터지는 거잖아.

그건 드래곤이 아니라 드래곤 할아버지가 오더라도 죽을 것 같다.

"하지만 핵이 없잖아요."

"꿩 대신 닭이라는 말이 있잖습니까? 제 특제 폭탄을 심어 둘 생각입니다. 이거, 다양한 실험체가 자꾸만 넘어와 줘서 기분이 좋습니다. 드래곤 잡으면 드래곤도 실험체로 쓸 수 있는 겁니까?"

"어허, 라파엘 군. 드래곤 본, 드래곤 스케일로 우리 교단의 장비들을 제작하는 것이 먼저일세."

"사체로 먼저 실험을 하고 넘겨드려도 괜찮겠네요."

"그러다가 귀한 재료들이 손상되면 어떻게 하려고?"

"어허, 토비 아저씨, 윈윈해야죠."

이 둘의 대화를 듣고 있으면 정신이 아득해진다.

누구는 지금 그 드래곤 두 마리를 어떻게 잡아야 하나 걱정하고 있는데, 이 둘은 이미 잡은 거나 마찬가지라고 생각하고 있다.

토비는 주먹을 꽉 움켜쥐면서 크게 소리쳤다.

"마룡 놈들은 볼 때마다 싸그리 사살해야 합니다! 빌어먹을 것들. 맥주 안주로 씹어 먹어도 모자를 놈들!"

"마룡은 아닌……."

"우리한테 이빨을 들이미는 드래곤이면 아무튼 마룡입니다!"

엄청난 숫자의 언데드 군단에다가 수준을 파악할 수 없는 드래곤이 두 마리나 붙어 있는 상황.

객관적으로 보면 절대로 유리한 상황은 아니었다.

하지만 어째 교단 내부의 분위기는 더 뜨겁게 달아오르고 있었다.

루나랑 레오도 오래간만에 드래곤이랑 붙는다면서 벌써 서로 몸을 풀고 있더라.

나만 심각해, 나만.

도대체 누가 우리 교단을 이렇게 만든 걸까?

"교황님께서 계시는데 그깟 도마뱀 새끼들이 뭐가 대수겠습니까? 하하! 안 그렇습니까, 토비 아저씨?"

"그렇지! 우리 성하께서 도마뱀을 아주 그냥 통째로 구워버리실 거야. 드래곤 고기를 안주로 맥주 파티라도 한번 하자고!"

"오, 드래곤 고기. 뭔가 맛있을 것 같기도? 흥미롭습니다. 흥미로워요. 제 탐구욕을 자극……."

……진짜 내 탓인가?

진짜?

⁂

다음 날 아침.

〈죽은 것들의 요새〉로 향하는 인원들이 확정되었다.

정부에서는 개성 전초기지를 중심으로 방어진을 형성하기로 했고, 실제 작전에 투입되는 건 우리 교단의 간부들과 일부 S급 헌터들로 확정되었다.

이번 원정대에는 마법을 사용하는 플레이어들이 포함되지 않는다.

드래곤 앞에서 마법을 사용하는 건 자살행위나 다름없기 때문이다.

그러한 이유로 강채아와 설화는 포함되지 않았으며, 다른 길드의 각성자들도 마찬가지였다.

그렇게 고르고 고르다 보니 남는 건 결국.

"다 아는 얼굴들이구만."

"뭐 어떻게 해요, 이게 지금 최대 전력인데."

"여기에 에이든만 있으면 딱인데. 참 계륵 같아. 있을 땐 귀찮고, 없으면 또 아쉽고."

"대신 제가 있지 않습니까? 슈트 풀 충전하고 왔습니다. 이번에는 닭 대신 꿩입니다. 어차피 에이든 군은 뇌까지 근육이라, 스마트하게 싸우진 못합니다."

늘 보던 얼굴들 뿐이었다.

나, 레오, 루나, 라파엘, 거기에 최 대표.

이렇게 다섯.

추가로 베스도 있었지만, 베스는 사람은 아니니까 저 명단에 포함시키진 않겠다.

라파르트 대주교와 토비도 동참하겠다는 의견을 표시했지만, 그들은 일부러 신전에 머물게 했다.

이 다섯 명은 내가 지금 꾸릴 수 있는 최고의 엔트리였다.

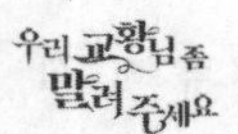

드래곤을 상대로 숫자 따위란 중요하지 않다.

녀석들에게 넘어간 언데드들의 숫자가 신경 쓰이기는 하지만, 그것에 대비하여 라파엘에게 부탁을 해 뒀다.

라파엘이 한국으로 넘어와서 보여 줬던 모습들은 매드 사이언티스트에 가까웠지만, 라파엘의 전투 능력은 내가 상상하는 것 이상이라고 한다.

예전에 미국의 텍사스주에 등장했던 초대형 A급 게이트.

끝도 없이 몰려드는 거대한 몬스터들의 군세를 단신으로 격파했던 게 라파엘이라고 한다.

"화력 지원은 제 주특기입니다. 제가 있던 세계에서는 전투가 주로 어떤 식이었냐면, 서로가 지니고 있는 각종 무장들을 소진할 때까지 싸웠습니다. 그래서 전투가 한번 벌어지고 나면 지형이 바뀔 정도였죠."

"우주에서는 안 싸웠어요?"

"오, 어떻게 아셨습니까? 우주를 배경으로도 많이 싸웠습니다. 이래 봬도 이 슈트, 우주에서도 버틸 수 있는 녀석입니다. 그렇지, 데이비드?"

-거짓. 우주에서도 버틸 수 있는 방호복은 맞으나, 주인은 우주로 나선 적이 없음. 우주를 두려워함.

"하하! 데이비드가 더위를 먹었나 봅니다. 틀린 말을 하고 있군요.”

소란스러운 성격 탓에 정신이 없기는 하지만, 나는 그의 실력을 의심하진 않는다.

다른 사람에게는 엄청나게 깐깐한 에이든조차 라파엘의 전투력만큼은 인정해 줬을 정도니까.

나는 라파엘이 아이스브레이킹을 위해서 저러고 있다는 걸 알고 있었다.

지금 이곳은 북쪽으로 향하는 헬기 안.

시간을 굳이 끌 필요가 없었기 때문에 작전이 곧바로 시작되었다.

“성하, 이 배후에 누가 있을까요?”

창밖을 바라보고 있던 루나가 넌지시 질문을 던졌다.

그 질문에 어깨를 으쓱이며 대답했다.

“백명교 놈들일 가능성이 높지. 지구에 고대 신들을 다시 데려오겠다는 생각을 하는 놈들은 그놈들뿐이거든.”

“조용하다 싶었는데. 이럴 줄 알았으면 진작에 뿌리 뽑을 걸 그랬나?”

“뽑는다고 뽑히는 놈들이 아니었어. 그러니까 ‘만약’은 생각하지 말자.”

“네에.”

루나는 혀를 차더니 곧 베스를 껴안으면서 얼굴을 부볐다.

기분 탓인지는 몰라도 베스의 입꼬리가 올라간 것 같다.

"도마뱀들을 처리한 후, 게이트를 닫는 게 이번 작전의 목표니까 다들 명심하시고."

나는 한숨을 내쉬면서 퀘스트창을 열었다.

> [검은 날개]
> ●종류: 메인 – 시나리오
> ●**설명** : 신격을 지닌 존재의 사도가 지구에 나타났습니다. 지금은 비록 선발대일 뿐이지만, 그들을 좌시한다면 더욱 큰 재앙이 지구에 들이닥칠 것입니다. 당신은 이 땅을 지키기 위해 그들과 맞서 싸워야만 합니다. 만약 당신이 그들을 성공적으로 제지한다면, 당신에게 새로운 가능성이 허락될 것입니다.
> ●**완료 조건** : 〈사도〉 제거, 게이트 소멸
> ●**보상** : 특수 능력치 〈격〉 해금

시작부터 끝가지 의뭉스러운 지점이 가득한 메시지 창.

보상으로 정해져 있는 저 〈격〉이라는 것도 좀 이상하고, 이래저래 꺼림칙한 부분이 많았다.

〈격〉이라.

지구에 적용되고 있는 시나리오인 〈격의 시대〉와 관련이 있을 거고, 리멘이 예전에 이야기해 줬던 바로 그 〈격〉일 것이다.

그런 〈격〉을 퀘스트 보상으로 준다는 게 무슨 뜻인지 살짝 이해는 안 간다.

하지만 길게 고민할 필요까지는 없었다.

어차피 그놈들을 싸그리 제거하기로 마음먹은 거, 퀘스트

를 깨고 직접 확인하면 된다.

혹시 몰라서 최 대표나 다른 각성자들에게 같은 퀘스트가 떴는지 물어봤는데, 그들은 그런 퀘스트를 본 적도 없다고 하더라.

즉, 나에게만 주어진 퀘스트란 뜻이다.

"어떻게든 되겠지."

일단은 나에게 주어진 일을 성실하게 해내면 된다.

그나저나 드래곤을 상대하는 건 꽤 오랜만이라서 기분이 오묘하네.

덩치로 봤을 때는 성체급이긴 하던데.

"김 교황님, 드래곤들을 상대할 때 뭘 조심해야 할지 혹시 알려 주실 수 있습니까? 다른 분들은 몰라도 저는 처음이라서."

평생 긴장도 안 할 것 같던 최 대표의 얼굴이 다소 경직되어 있었다.

영화나 드라마에서나 볼 법한 드래곤을 직접 상대한다니 긴장이 안 될 수가 없을 것이다.

나는 고개를 끄덕인 다음, 진심을 담은 조언을 건넸다.

"일단 드래곤들을 상대할 때 가장 중요한 것은 비행 능력을 빼앗아야 합니다. 드래곤 놈들, 비열하기 짝이 없는 놈들이라 수세에 몰리면 허공에 떠서 마법을 난사하거든요."

"비행 능력을 빼앗으려면 어떻게 해야 합니까?"

"보통 날개와 마법을 이용해서 허공에 뜨는 놈들인데, 날개만 제거하면 비행 능력을 상실해요. 날개가 두 장이거든요? 그 날개를 찢어 버리면 됩니다."

"찢는다라. 노하우가 있을 거 아닙니까."

"그냥 올라타서 날개를 쭉 찢으면 됩니다. 힘 잘 주면 치즈처럼 찢겨 나가요."

내 노하우를 들은 최 대표가 고개를 작게 끄덕였다.

"날개를 치즈처럼 뜯어 버린다?"

"그게 대드래곤전의 가장 중요한 철칙이죠. 바닥으로 끌어 내리고 천천히 요리하면 됩니다."

"거, 굉장히 도움 되는 조언입니다. 명심하겠습니다. 아, 그리고 녀석들이 마법을 쓴다고 들었는데, 그 마법에는 어떻게 대응하면 되겠습니까?"

"몸으로 때우면 됩니다."

"……별다른 전략은……."

"몸이 나쁘면 머리가 고생하는 거예요."

난 진심인데 왜 최 대표 표정이 저렇지?

컨셉이라 생각하나?

⁂

개성 전초기지에서 연료를 한 번 더 보충한 헬기는 곧바로 목적지로 향했다.

함흥보다 더 위쪽에 위치한 〈죽은 것들의 요새〉.

현장에서 직접 확인한 〈요새〉는 영상으로 봤을 때보다 훨씬 더 심각한 수준이었다.

검게 죽어 버린 들판.

그 검은색의 들판 위에 기이할 정도로 높게 솟아 있는 성벽.

시체라도 걸어 나올 것 같은 분위기였다.

사실, 실제로 시체가 걸어 나오는 곳이긴 하다.

언데드들이 세운 죽음의 요새나 마찬가지이니까.

다만, 내가 예상했던 것과 꽤 많은 부분이 달랐다.

"마기가 안 느껴져."

리치와 데스 나이트 등의 최상위급 언데드들이 자리 잡고 있는 곳이라서, 당연히 엄청난 마기가 느껴질 것이라 생각했었다.

하지만 요새에서는 더 이상 마기가 느껴지지 않았다.

오히려 익숙하면서도 불쾌한 기운.

마기보다는 차라리 신성력에 가까운, 정체불명의 기운이 요새에서 흘러나오고 있었다.

설화를 구출했던 동굴에서 느꼈던 그 불쾌한 신성력과 동일한 기운인 게 틀림없었다.

나는 건틀릿을 주먹에 착용한 다음, 드높은 요새를 바라보면서 혀를 찼다.

"천벌 시리즈는 소용없을 것 같고."

마기의 흔적은 더 이상 찾아볼 수가 없다.

마기가 소멸하면 언데드들 역시 당연히 소멸해야 정상인데.

"우리가 알던 언데드들이 아니에요. 아니, 애초에 저걸…… 언데드라고 불러도 되는 걸까요?"

여전히 셀 수조차 없는 숫자의 언데드들이 요새의 위에서 우리를 내려다보고 있었다.

어느새 판금 갑옷을 두르며 전투준비를 끝낸 루나조차 혀를 내두를 정도였다.

"언데드들조차 뒤틀린 존재들인데, 저것들은 거기에서 한 번 더 뒤틀었네요. 신성력이 느껴지는 언데드들? 말도 안 되지."

루나의 말대로였다.

언데드가 신성력을 조우하게 되면 소멸하는 것이 당연한 절차인데도 불구하고 저 녀석들은 소멸하지 않았다.

아마도 그건 저 녀석들을 뒤덮어 버린 검은색 점액질로 인해서 일어나는 기현상일 것이다.

삶과 죽음의 섭리를 거부한 언데드들마저 복속시켜 버리는 힘.

질서를 바로잡아야 하는 신성력이, 도리어 새로운 질서를 창조한 셈이다.

나는 미간을 찌푸렸다.

"마왕 새끼들 조지는 것만으로 바쁜 마당에, 별 잡놈들이 다 기어 나오네."

보는 것만으로도 불쾌하다.

마기를 마주했을 때 느끼는 불쾌감과는 종류가 다른 불쾌감이었다.

혐오에 가까운 감정.

저것은 우리가 알고 있는 신성력이 아니다.

우리와는 절대로 섞일 수 없으며, 공존할 수도 없는 힘.

"리멘이 봤으면 머리끝까지 화를 냈을 것 같다."

어쩌면 마족의 편에 섰던 신들보다도 더욱 흉악할지도 모른다.

나는 주먹을 꽉 움켜쥐면서 요새 위에서 일렁거리는 게이트를 쳐다보았다.

게이트 너머로 지난번에 보았던 거대한 눈알이 보인다.

그 눈은 정확하게 나를 주시하고 있었다.

네가 다시 보인다.

머릿속에 불쾌한 신탁이 울려 퍼진다.

그때 들었던 그 목소리다.

뇌 속에 뱀이 기어다니는 것만 같다.

내 사도들이 길을 열 것이다.

요새 위로 거대한 몸체의 괴물 두 마리가 날아올랐다.
드래곤.
이 끔찍한 신성력에 잡아먹힌 두 마리의 드래곤이 공중에 떠오른 상태로 우리들을 주시하기 시작했다.

역사를 방해하지 마라. 새로운 질서를 받아들여라.

나는 불길하게 울려 퍼지는 신탁을 들으며 입꼬리를 슬쩍 올렸다.
그리고 어깨를 가볍게 돌리면서 몸을 풀었다.
"그때도 말했다시피 나 순정파라니까."
리멘을 두고 저딴 괴물을 섬길 수야 있나.
새로운 질서고 뭐고, 그딴 건 내 관심사 밖이다.
"저 녀석 역시 그들 중 일부다."
어느새 처음 만났을 때의 흑우로 변신한 베스가 발을 구르면서 말했다.
"저런 게 더 있다는 거지?"
"그렇다."

"소멸시키는 방법은 없나?"

"현재로서는 막아 내는 게 최선이다, 교황. 아직 너의 격으로는 저것들에 도달할 수 없어."

그래도 신격은 신격이라는 건가.

예전에 잊힌 세계의 신격을 소멸시킨 적이 있었지만, 확실히 그때의 그 녀석과는 감히 비교도 할 수 없는 놈이긴 하지.

나는 천천히 고개를 끄덕였다.

그리고 옆에서 대기하고 있는 라파엘에게 말했다.

"요새 무너뜨리는 거 가능하겠어요?"

"보유한 무장의 30% 정도를 사용하면 가능할 것 같군요. 무너뜨릴까요?"

"신호를 주면."

"알겠습니다."

언데드들의 숫자가 얼마나 될지는 모르겠지만, 지금의 멤버면 충분할 것 같다.

에이든 덕분에 잠재력을 최대치로 개방한 최 대표도 있고, 거기에 루나와 레오까지 데리고 왔다.

위험하기로 따지면 지난번 마왕의 화신체들이 나타났을 때랑 비슷하긴 하지만, 그때와는 다른 게 있다.

루나와 레오가 마왕의 화신체와 싸웠던 장소에는 내가 없었고, 지금은 내가 함께 있다.

나는 신성력을 아낌없이 개방했다.

그리고 레오와 루나를 향해 말했다.

"에덴에서는 이것보다 더한 상황도 많았잖아? 이쯤은 별 거 아니지?"

그러자 레오와 루나가 동시에 고개를 끄덕였다.

"물론이죠."

"그때에 비하면 이곳은 동네 놀이터에 불과합니다, 성하."

둘이 여유롭게 대답했다.

루나는 기세 좋게 철퇴를 들었고, 레오는 성서를 품속에 집어넣으면서 주먹을 쥐었다.

나는 다시 고개를 돌려 적의 군세를 바라보았다.

"저것들은 우리의 적이다. 리멘의 이름으로 적을 끝까지 말살하라."

내 목소리를 타고 거대한 양의 신성력이 퍼져 나갔다.

이것은 내가 리멘의 첫 번째 사도로서 사용할 수 있는 특수한 능력.

리멘 교단에서 오로지 나에게만 허락된 의무이자 권리.

특수 스킬 〈성전 선포 Lv.???〉를 시전합니다.
리멘 교단의 첫 번째 사도가 정체불명의 적들을 향해 성전을 선포합니다.
해당 지역이 성스러운 전장으로 변화합니다. 해당 지역에서 당신과 신앙을 공유하는 이들의 모든 전투력이 대폭 상승합니다.

내가 지닌 몇 안 되는 집단 버프 기술.

성전 선포.

내 명령을 들은 루나와 레오가 동시에 고개를 숙였다.

"명을 받듭니다."

"명을 받듭니다."

나는 씨익 입꼬리를 올리면서 말을 맺었다.

"남김없이 쓸어버려."

파티가 이제 막 시작되었다.

⁂

높은 성벽이 무너지는 건 정말 한순간이었다.

콰아아아아앙—.

라파엘의 몸에서 흘러나온 신기한 기계들이 몇 번 움직이더니, 곧 푸른색의 거대한 에너지 구체가 성벽으로 쏘아져 나갔다.

기껏해야 농구공만 한 크기의 구체.

그러나 그 구체가 요새의 성벽에 닿는 순간.

"……와."

나도 모르게 입에서 감탄사가 흘러나왔다.

순간적으로 시야가 새하얀 빛으로 물들어 버릴 정도의 거대한 폭발.

어째서 라파엘이 본인 스스로를 화력 지원에 능하다고 했

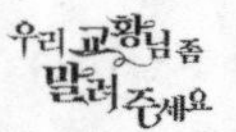

었는지 알 것 같았다.

요새에서 대기하고 있던 리치들이 급히 방어막을 생성하면서 폭발을 막아 보려고 했으나, 리치들의 마법으로는 그 압도적인 파괴력을 감당하지 못했다.

심지어 내 옆에서 성전을 준비 중이던 레오와 루나도 한마디씩 보탰다.

"저 세계에서 태어날걸. 성하, 우리가 여태까지 철퇴 들고 검 들고 싸웠던 이유가 도대체 뭘까요?"

"엄청난 힘입니다. 마법조차 우스워지는군요."

그야말로 극한의 화력.

압도적인 힘이었다.

최 대표조차도 입을 떡 벌리면서 보았을 정도니까.

전술핵을 사용한다면 저런 모습일까?

"30%짜리입니다. 이제 70% 남았습니다."

라파엘은 기세등등한 표정과 함께 손가락을 V 자로 폈다.

나는 그런 라파엘을 향해서 작게 고개를 끄덕였다.

"저 드래곤 두 마리를 땅으로 떨궈 줄 수 있겠어요?"

"떨어뜨리기만 하면 됩니까?"

"네."

"가능할 것 같습니다."

물론 나도 신성력을 끌어올려서 날개를 만들 수 있지만, 솔직히 공중전은 부담스럽다.

사람은 원래 발을 땅에 딛고 살아야 하는 생물이다.

변수도 많고, 이래저래 불편한 지점이 많다.

라파엘의 전투력이 강할 것이라고는 예상했는데, 과연 이레귤러는 이레귤러.

라파엘이라면 충분히 드래곤들을 지상으로 떨궈 줄 수 있을 것 같다.

"한 번이라도 떨궈 주면 됩니다. 저 새끼들이 내려오는 순간 다시는 날아오르지 못할 테니까요."

"40%쯤? 한 30% 정도 여력이 생길 것 같네요. 남은 화력으로 떨거지들을 정리하는 데 집중하겠습니다."

라파엘은 고개를 살짝 끄덕거리더니 곧 자신의 오른팔 '데이비드'를 조작했다.

잠시 후, '데이비드'의 모습이 병기로 변화하기 시작했다.

-소형 입자포 준비.

……뽕맛 죽인다.

SF 영화 속에나 볼 법한 하이테크.

나도 저쪽 세계에 떨어졌으면 여러 가지 로망을 달성할 수 있었을 텐데, 하필이면 판타지 세계에 떨어져서 말이야.

"이따가 뵙겠습니다."

라파엘은 씨익 웃으면서 그 소형 입자포를 가동시켰고,

~~우우우우우웅~~.

곧바로 입자포에서 튀어나온 에너지 덩어리가 드래곤들을 덮쳤다.

극도로 발달한 과학은 마법과 다름없다고 했던가?

그 말이 딱 맞다.

요새의 상공에 잠시나마 또 하나의 태양이 떠오른다.

수많은 게이트들을 단신으로 정리했다는 이야기에 걸맞게, 라파엘의 화력은 기대를 아득하게 뛰어넘었다.

허공에서 지상을 내려다보기만 하던 드래곤 두 마리가 폭발에서 벗어나기 위해 빠르게 지상으로 하강했다.

마법으로 막기 힘들다는 걸 빠르게 간파한 것이다.

"가자."

우리는 그 모습을 보자마자 앞으로 달렸다.

"길을 뚫겠습니다."

"다녀오세요!"

무너진 성벽 사이로 듀라한을 비롯한 수많은 언데드가 뛰쳐나왔지만, 레오와 루나가 먼저 속력을 높이면서 길을 뚫는다.

그리고 그 뒤에서는 최 대표가 특유의 붉은색 마력을 내뿜으면서 언데드들을 무참히 박살 내기 시작했다.

파도처럼 밀려드는 언데드들의 거대한 군세.

그 한가운데로 길이 생겨난다.

나는 그 길을 달리며 전신에 신성력을 둘렀다.

액티브 스킬 〈신성한 돌진 Lv. Max〉를 시전합니다!

새하얀 방어막이 내 앞에 생성된다.

그리고 그 방어막을 두른 채로 냅다 앞으로 달렸다.

요새의 중심부까지 도달하는 데 소요된 시간은 단 1분.

언데드들을 강제로 밀어 내면서 요새의 내부로 진입하자, 라파엘의 공격으로 인해 잠시 지상으로 내려온 드래곤 두 마리가 보였다.

점액질로 뒤덮인 몸 위로 드래곤 특유의 노란색 눈깔이 번뜩였다.

좌르르르르르륵—.

예전에 내 몸에 상처를 입혔던 검은색 점액질들이 이번에도 촉수처럼 나를 향해 뻗어 온다.

그와 동시에 드래곤들의 아가리에서 불길한 신성력과 뒤섞인 마력이 모여들었다.

브레스의 전조.

콰우우우우우!

드래곤 두 마리가 포효하면서 브레스를 내질렀다. 도시 하나쯤은 박살 내고도 남을 화염이 나를 향해 쏟아졌지만, 나는 그 브레스를 피할 생각이 없었다.

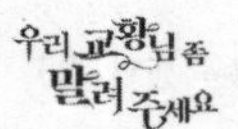

"시원하네."

보호막을 두른 채로 브레스를 가로질렀다.

오래간만에 만끽해 보는 드래곤표 불가마 사우나.

에덴에서 마룡들을 상대하면서 이미 셀 수 없이 많이 경험했던 그 뜨거운 열기에, 문득 에덴에서의 기억들이 새록새록 떠올랐다.

그때도 그랬지.

이렇게 브레스를 정면 돌파 하고 난 다음.

"잡았다."

부우우우우우욱.

키아아아아아아아아아악!

손으로 김치를 찢듯, 이렇게 드래곤의 날개를 찢어 버렸었지.

날개가 뜯겨 나간 드래곤의 입에서 끔찍한 비명이 튀어나왔다.

그 모습을 옆에서 지켜보고 있던 다른 드래곤이 곧장 꼬리를 휘둘렀다.

검은색의 가시가 곳곳에 솟아난 드래곤의 꼬리가 내 몸을 후려치려 했지만, 나는 그 자리에서 선 채로 꼬리를 잡았다.

그리고 그 자세 그대로 크게 패대기를 치려는 순간.

"교황, 잡고 있어라."

콰지지지직—.

뒤에서 맹렬히 달려온 흑우가 자신의 뿔을 드래곤의 복부에 정확하게 찔러 넣었다.

겉으로 보기에는 뿔 두 개가 복부에 박힌 모양새였으나, 효과는 그 이상이었다.

끄르르르르륵.

베스의 뿔에 복부가 꿰뚫린 드래곤이 거품을 물면서 몸을 부르르 떨었다.

한 놈은 날개가 찢어지고.

한 놈은 소뿔에 꿰뚫리고.

방금 전까지만 해도 고고하게 공중에 떠 있었던 드래곤들이라기에는 너무나도 처참한 모습.

콰우우우우.

날개가 뜯겨 나간 드래곤이 다시 한번 포효를 내지르면서 발버둥 친다.

그러나 나는 녀석의 발악을 가만히 지켜봐 줄 생각은 없었다.

"꼬리 좀 빌릴게."

그 녀석의 목을 다른 드래곤의 꼬리를 이용해서 둘둘 감아 버렸다.

군대에서 배운 매듭법을 요긴하게 사용해서 꼼꼼하게 말이다.

"작품명. 용용 죽겠지."

"……네가 그러고도 교황이냐?"
"뭐 어때? 멋있잖아."
그래도 드래곤은 드래곤인 걸까?
파드드드득.
한쪽 날개만 남아 있던 놈이 마법을 이용해서 도주를 시도했다.
목에 다른 동족의 꼬리가 감겨 있음에도 불구하고 허공으로 떠오르기 시작했다.
"힘이 아주 장사네."
"게이트 너머로 도망치면 못 잡는다. 저걸 저렇게 내버려 둬도 되나?"
빠른 속도로 상승하는 드래곤 두 마리.
정신을 잃은 동족의 꼬리를 감은 채로 도망가려는 모습이 처절하기까지 했다만, 나는 그 모습을 씨익 웃으면서 바라보았다.
"그래도 토비가 공들여 만든 무기도 한번 실험해 봐야지."
퓨우우우우우.
뒤쪽에서 날아든 대여섯 개의 미사일이 드래곤의 몸체에 꽂혔다.
그리고 잠시 후.
콰아아아아아아앙!
다시 한번 거대한 굉음이 울려 퍼졌고, 게이트를 향해 상승하던 드래곤 둘이 힘없이 추락했다.

나는 그 모습을 바라보면서 만족스럽게 고개를 끄덕였다.

"격추 성공."

성능 확실하구만.

⚜

드래곤은 처리했지만 언데드 군단은 여전히 건재했다.

나는 드래곤의 두 마리의 목 부근에 박혀 있던 사람 머리만 한 보석 두 개를 뽑아낸 다음, 가볍게 손을 털었다.

일명 드래곤 하트.

드래곤이 마법을 사용하는 기관이자, 그들이 마법 생물이라고 불리게 만드는 핵심 기관인데, 이 드래곤 하트를 뽑아내니 드래곤들의 몸이 축 늘어졌다.

방금 뽑아낸 이 따끈따끈한 드래곤 하트는 내가 알고 있던 드래곤 하트와는 많이 달랐다.

일단 회색빛의 색깔부터가 그랬다.

내가 본 적도 없는 색깔.

마력이 미미하게 느껴지고는 있었으나, 가장 강력하게 느껴지는 건 그 불쾌한 신성력이었다.

드래곤 하트 내부에서 검은색 벌레같이 생긴 것이 꿈틀거리고 있기도 했고.

여러모로 혐오감을 자아내는 비주얼이었다.

"교황, 너는 내가 생각했던 것보다 훨씬 강해. 내가 너를 너무 과소평가했던 것 같아."

베스가 앞다리로 바닥을 긁으면서 말했다.

"내가 강한 게 아니라 이놈들이 약했던 거야. 마룡보다 훨씬 약하네."

드래곤의 장점 중 하나가 엄청난 마법 능력인데, 이 녀석들은 마법조차 제대로 사용하지 못했다.

처음에는 의아하긴 했다만, 드래곤 하트의 상태를 보니 어쩔 수 없었던 선택이었던 것 같다.

신성력에 의해 오염되어 있는 드래곤 하트.

신성력이 무언가를 오염시키는 것부터가 말이 안 되지만, 그 말이 안 되는 일이 실제로 일어났다.

나는 드래곤 하트를 바닥에 내려놓은 다음, 고개를 올려 붉은색 게이트를 쳐다보았다.

"이게 전부냐?"

게이트 너머의 눈이 꿈틀거렸다. 곧이어 내 머릿속에 녀석의 신탁이 울려 퍼졌다.

사도들은 이미 길을 열었다. 네놈은 이겼으나, 결국 지게 될 것이다.

"그게 무슨 개소리-."

머지않아 알게 될 것이다. 우리에게 도달해라. 우리를 위해 준비한 성대한 만찬이 되어라. 우리가 너를 기다리마.

파지지지직-.

게이트가 흐릿해지기 시작했고.

파스스스슥.

내가 앞에 내려놓았던 드래곤 하트 두 개가 스스로 부서졌다.

그리고 그와 동시에 눈앞에 새로운 메시지창이 떠올랐다.

퀘스트 〈검은 날개〉를 완료하셨습니다.
퀘스트 보상이 정산됩니다.
특수 능력치 〈격〉이 해방됩니다!
당신은 지구에서 처음으로 〈격〉을 해방한 존재가 되었습니다. 시스템이 당신의 해방을 정식으로 승인합니다.
〈DLC - 교황〉이 자동으로 업데이트됩니다. 〈신격〉에 도달하는 길이 열립니다.
퀘스트 〈해방〉이 시작됩니다. 신전으로 돌아가 당신의 주신으로부터 〈신격〉과 관련된 정보를 입수하십시오. 관련 정보에 대한 접근이 승인되었습니다.

그동안 좀 잠잠했던 시스템 메시지들이 물밀듯이 몰려온다.

나는 눈살을 찌푸린 채로 그 메시지들을 확인했다.

단서라도 알려 줘야 뭘 해석하든 말든 하지.

그냥 이렇게 일방적으로 전달해 놓고, 리멘한테 가서 물어보라고 하면 어떻게 해?

하여간에 시스템, 이 불친절한 놈.

내가 그 메시지 창을 들여다보면서 투덜거리고 있을 때쯤, 옆에 있던 베스가 고개를 살짝 기울이면서 말했다.

"어찌 된 영문인지는 모르겠지만, 너의 격이 갑자기 높아졌다. 신기한 일이군."

영물답게 내 변화를 한눈에 알아차리는 베스였다.

나조차도 나에게 어떤 변화가 생겼는지 가늠을 못 하고 있는데 말이다.

그래도 한 가지는 확실하다.

"일이 또 늘었네."

지금까지와는 다른 스케일의 무언가가 시작되고 있다는 것.

저 메시지들이 앞으로 날 더 굴리겠다는 말로 들리는 것은 단순한 기분 탓일까?

"성하! 드래곤 다 처리하셨으면 빨리 오셔서 돕기나 하세요!"

저 멀리서 루나가 소리쳤고, 나는 그 목소리를 들으면서 한숨을 푹 내쉬었다.

"간다, 가."

이놈이나 저놈이나 내가 편하게 있는 꼴은 못 본다니까?

그때까지만 해도 몰랐다.

나에게 더 큰 고생길이 열렸다는 것을.

그걸 알게 된 건 그로부터 불과 9시간 후였다.

지금 만나러 갑니다

드래곤과의 시시한 전투가 끝난 후.

우리 교단의 성지는 처음으로 출입 통제에 들어갔다.

갑작스러운 통제 때문에 언론에서는 이런저런 말들이 많았다.

리멘 교단 내부에 분열이 생겼다, 아니면 김시우의 몸에 큰 이상이 생겼다 등등.

혼란한 시대답게 각종 매체에서 음모론이 모락모락 피어올랐다.

하지만 그 모든 걸 감수할 수밖에 없었던 이유가 있다.

그것은 바로.

“히야, 이걸 어디서부터 손봐야 할지, 벌써부터 고민이 되는군요. 이상한 신성력에 노출되어서 그런가, 평범한 사체는 아닙니다. 에덴에서 취급했던 드래곤 사체에 비하자면…… 확실히 질은 떨어집니다."

토비의 앞에 놓여 있는 드래곤의 사체 두 구.

이것들 때문이었다.

라파엘의 스텔스 위장막을 통해서 성지까지 잘 챙겨 오긴 했다.

우리가 이 사체 두 구를 이곳으로 가져온 이유는 간단했다.

"호랑이는 가죽을 남기고, 인간은 이름을 남기듯 드래곤은 사체를 남기지."

바로 드래곤의 사체를 가공하기 위해서.

드래곤의 사체는 여러모로 쓸모가 있는 귀중한 자원이다.

에덴에서도 그랬다.

마족, 마수 들과의 전쟁에서 이기기 위해서 우리는 전쟁 중에 사망한 드래곤들의 사체를 기증받았다.

사망한 드래곤 본인들의 의사도 있었고, 얼마 남지 않았던 드래곤들에게서도 동의를 구하고 진행되었던 일.

드래곤 본, 드래곤 스케일 등의 귀중한 자원으로 만든 병기들은 굉장히 강력했었다.

그 과정에 참여했던 장인들 중 하나가 바로 이곳에 있는 토비.

이러려고 토비를 이 세계로 데려온 건 아니었지만, 마침 좋은 자원을 얻었는데 버려둘 수도 없는 노릇이잖아?

하지만 드래곤의 사체를 신전의 지하에 집어넣을 수 없었기 때문에 그냥 성지 전체를 통제해 버렸다.

게다가 이곳으로 가져온 드래곤의 사체가 평범한 상태도 아니기도 했고.

"그래도 충분히 가능할 것 같습니다. 성수들로 저 불쾌한 기운들을 제거하고, 곧바로 제련을 시작하면 되겠군요. 마침 성화로도 있으니까요."

"미스릴보다 낫죠?"

"물론입니다. 미스릴과 비교되는 것 자체가 실례일 정도지요. 안 그래도 지난번에 정부 측으로부터 분배받은 미스릴이 떨어졌는데…… 이 정도면 2기 교육생들까지 완벽하게 무장시키고도 남을 것 같습니다."

토비는 짜리몽땅한 팔로 드래곤의 사체를 퉁퉁 두드렸다.

개량형 드래곤 슬레이어들로 인해 피부 곳곳이 찢겨 있었고, 심지어 피부 내부의 근육과 살 들은 대부분이 녹아 있었다.

그만큼 라파엘의 특제 폭약이 어마어마한 살상력을 발휘했다는 뜻이다.

정상적인 드래곤들이었다면 마법으로 어떻게든 막아 냈겠다만, 이런 무지막지한 폭약이 내부에서 터졌다면 죽는 건

기정사실.

추락한 드래곤들의 상태가 어땠는지 묘사하기에는 너무 참혹한 수준일 정도였다.

오히려 덕분에 드래곤의 사체를 손질하는 게 더 쉬워졌지만 말이다.

"그래도 한 가지 아쉽습니다."

"뭐가요?"

"그 장면을 제 눈으로 못 봤잖습니까? 마룡 놈들이 죽는 모습은 꼭 두 눈으로 봐야 제맛인데……."

"엄밀히 따지자면 마룡은…… 아니다, 그냥 넘어가죠. 하여간에 이 사체들 처리하는 데에는 시간이 얼마나 걸릴 것 같습니까?"

혹시 모를 사태를 대비해서 성지에는 그 어느 때보다 강력한 신성 결계가 발동 중이었다.

최상급 신성석이 갈려 나가고 있다는 뜻이다.

그걸 금전적 값어치로 생각해 보면 진짜 정신이 아득해지는 금액이었지만, 이 드래곤의 사체로 인해 사고가 나는 것보단 백배 낫다고 생각한다.

"넉넉잡아 1주면 됩니다."

"생각보다 짧네요?"

"라파엘 군의 기술이 큰 도움이 될 것 같습니다. 에덴에서는 드래곤의 사체를 절단하려면 마스터급 이상의 기사들이

나 마법사들이 필요했잖습니까? 그런데 라파엘 군의 기술이 라면 충분히 가능할 겁니다."

라파엘이 확실히 치트키는 치트키다.

진보한 세계에서 돌아온 귀환자라서 그런가, 존재 자체만으로도 여러 가지의 편의성을 제공해 준다.

미국에서 라파엘을 안 데려왔으면 어쩔 뻔했어?

처음에는 마냥 미친놈 같아서 부담스럽기는 했지만, 이제는 그냥 그러려니 한다.

"삼분의 일은 라파엘 몫입니다, 토비. 라파엘이 이번 작전에서 무장을 많이 소모해서요."

"어쩐지. 성하께서 쌩쌩하신 이유가 있었군요. 예전에 마룡을 상대하고 올 때마다 기진맥진해서 주무셨던 게 떠오릅니다."

"실제로 루나랑 레오는 지금 돌아오자마자 자러 갔잖아요?"

"그렇군요."

내 집단 버프 스킬 〈성전 선포〉는 딱 한 가지의 부작용이 있다.

그건 성전이 종료된 이후 극심한 피로감을 호소한다는 것.

인체의 한계에 다다른 힘까지 끌어내게 해 주는 버프 스킬이라서 당연한 대가라고도 볼 수 있는데, 다만 그 정도가 심하다.

처음 그 스킬을 사용했을 때는 내리 3일을 잤을 정도다.

하지만 지금은?

이 정도는 거뜬하다.

전력을 다하지도 않았고 말이지.

"오늘부터 리멘 교단에 속한 전원에게 일주일 동안 휴가를 부여하겠습니다. 토비와 구 아나키 길드 생산 계열 플레이어들에게는 작업이 끝나고 따로 휴가를 드리죠."

그러자 토비가 큼지막한 두 손을 거세게 가로저었다.

"장인이 좋은 재료를 앞에 두고 쉴 수는 없지요. 제 새끼들도 마찬가지입니다. 이번 기회에 그놈들도 드래곤 사체도 만져 보고, 좋은 경험을 쌓을 수 있잖습니까? 하하! 저희의 열정은 불보다 더 뜨겁습니다!"

블랙기업 리멘에 대한 소문이 퍼진다면, 오 할은 내 몫이고 오 할은 토비의 몫이 아닐까?

지금이 아니면 더 이상 쉴 기회가 없을 것 같아서 일부러 휴가를 주는 건데…….

뭐, 총책임자는 일단 토비니까 본인이 알아서 하겠지.

나는 가슴을 두드리는 토비를 향해서 어색하게 미소를 지었다.

"작업 끝나고 맥주 파티나 엽시다. 아직도 성수로 양조 중이죠?"

"조만간 정식으로 판매해 볼까 하는 생각도 있습니다. 드워프가 직접 만든 성수 맥주! 프리미엄 상품으로 딱 아닙니까?"
"토비도 이제 지구인 다 됐네."
"정확히는 지구 드워프라고 불러 주십쇼."
드워프들의 넉살은 언제 들어도 즐겁다. 옆집 아저씨의 넉살 같다고 해야 하나?
이렇게 해서 드래곤의 사체에 대한 뒤처리도 끝난 것 같고.
이제 남은 건 라파엘과의 담판 승부뿐.
나는 한숨을 푹 내쉰 다음, 라파엘이 기다리고 있는 내 집 무실로 향했다.

⁂

솔직히 말하자면 리멘과 연락하라는 퀘스트가 떴을 때, 시스템이 알아서 연락을 이어 줄 것이라 생각했다.
하지만 그건 내가 시스템을 무시해도 너무 무시했던 것.
이 빌어먹을 시스템 놈은 하나부터 열까지 다 셀프다.
퀘스트만 덜렁 던져 주고 나서, 그 이후부터는 내가 알아서 해야 한다.
"처음부터 다 주면 그게 퀘스트는 아니잖아요, 스승님? 퀘스트란 게 원래 과제를 수행하는 거니까."
"오랜만에 보는 것 같다, 그레이스?"

“저도 그래요. 기분 탓이겠죠 뭐. 어제도 얼굴 봤잖아요, 스승님.”

집무실에는 라파엘 말고도 그레이스, 설화가 앉아서 이야기를 나누고 있었다.

요새 내가 신경을 좀 못 써 주고 있는 두 사람.

여기에 민수 씨도 신경을 못 써 주고 있는데, 다르게 말하자면 이제 그들은 신경을 안 써도 알아서 잘한단 소리다.

특히 민수 씨.

요새 미튜브 채널을 글로벌 쪽으로도 많이 확장시켰더라.

우리 교단의 대표 미튜버 중에 한 명이라서 우리가 컨텐츠들을 많이 밀어주고 있기도 하고, 민수 씨 역시 우리 교단 미튜브 채널의 컨텐츠 제작을 도와주고 있기도 하고.

아무튼 상부상조하면서 잘 지내고 있다.

“오빠, 진짜 일주일 동안 휴가야?”

설화가 넌지시 질문을 던졌다.

나는 그 질문에 고개를 끄덕였다.

“다들 열심히 달려왔잖아. 이쯤에서 쉬기는 해야지. 1기 교육생들도 쉴 새 없이 굴렸고, 간부들도 그렇고. 다들 피로감이 많이 쌓여 있을 거야.”

“오빠는?”

“나야 뭐 신전에 있어야지. 갈 곳도 없는데.”

“그렇구나.”

"그런데 왜?"

"……아니야."

설화는 마력으로 자신의 앞에 놓여 있던 커피를 차갑게 만든 다음, 나에게 건네주었다.

"고맙다."

마법사들은 저런 게 참 편하다.

지난번에 개성 기지에서 담뱃불을 마법으로 붙이는 마법사도 본 적 있다.

그 뭐라고 해야 하나, 병신 같지만 멋있다? 약간 그런 느낌이었다.

나는 설화가 차갑게 만들어 준 아이스아메리카노를 한 모금 빨았다. 그리고 가볍게 숨을 뱉어 낸 다음, 기지개를 켰다.

"이번에 일본 총리가 섬 하나 선물해 줬는데, 시간 나면 거기 한번 다녀와 볼까 생각은 하고 있어."

"섬?"

"어, 야마타노오로치 잡았을 때 섬 하나 달라고 했었거든. 농담으로 했던 말인데, 그걸 또 다큐로 받아들였더라? 지난주에 연락 왔었어."

시연이가 쏘아 올린 공이 섬이 되어 돌아왔다.

시연이가 그렇게 기대했던 LA 여행이 흐지부지된 이후로 계속 마음에 걸렸다.

상황이 좀 안정화되면 식구들 데리고 그 섬이나 다녀와 볼 생각이다.

"아니면 제 섬은 어떻습니까? 하와이 근처에 제가 인공섬을 하나 만들어 뒀는데, 제법 운치 있습니다."

"인공섬?"

"해수욕장도 그럴듯하게 만들어 뒀고, 별장도 만들어 뒀고. 마음에 쏙 드실 겁니다."

이쪽은 장르가 다르다.

인공섬을 만들어 냈다?

정말…… 기술이란 건 위대하구나.

나는 라파엘의 권유에 슬쩍 고개를 끄덕였다.

"초대해 주시면 언제든지 가죠."

"언제든지 오시면 됩니다. 교황님과 저는 이미 운명 공동체니까요. 이건 제 개인적인 질문인데…… 제가 좋으십니까, 에이든이 좋으십니까?"

"아니, 왜 갑자기 거기로 빠져요."

엄마가 좋아, 아빠가 좋아 이후로 최대의 난제였다.

저 말을 들으니 어제 에이든과 했던 전화 통화가 떠오른다.

-유니온 새끼들을 남김없이 씹어 먹는 중이다. 시우, 한국도 조심해라. 정화자 새끼들과 커넥션이 있는 게 확실하다. 중국이 내전 중이니, 한국에도 그 내전의 여파가 곧 들이

닥칠 거다. 명심해.

말투는 거칠지만 은근히 내 생각을 해 줬던 에이든.

한국에 있을 땐 목소리에 여유가 있었는데, 어제 전화에선 아주 독기가 가득 차 있었다.

또 다른 테러 계획을 발견했다던가?

중국의 내전도 그렇고, 미국이나 유럽에서 테러 소식이 들려오는 것도 그렇고.

진짜 세상이 요지경이다.

"장난입니다, 장난. 저도 교황님께서 저를 더 좋아하신다는 것쯤은 알고 있습니다!"

……얘는 더 요지경이고.

라파엘은 큰 소리로 웃었다.

"토비 님과 이야기는 잘 끝나셨습니까?"

"삼분의 일. 거기까지밖에 못 드립니다."

"삼분의 일이면 충분합니다. 제법 괜찮은 무장을 만들어 낼 수 있을 것 같습니다. 역시 자비로우시군요."

라파엘이 내 요청을 받고 참여했던 전투니까 이 정도는 챙겨 줘야지.

라파엘 덕분에 언데드들을 전멸시키기 편한 건 사실이었으니까.

이제 슬슬 본론으로 들어가야 할 시간.

나는 아이스아메리카노를 다시 한번 목으로 넘긴 다음, 가볍게 숨을 뱉었다.

"리멘이랑 이야기를 나눠야 합니다. 최대한 빨리."

이번 퀘스트를 클리어하면서 얻게 된 〈격〉이라는 특수 능력치.

베스의 말과 시스템 메시지를 미루어 보았을 때, 〈신격〉과 관계되어 있을 가능성이 높았다.

하지만 자세한 건 리멘이랑 직접 이야기를 나눠야 알 수 있을 듯했다.

내 말을 들은 라파엘이 곤란하다는 표정을 지었다.

"저야 도와드리고는 싶은데, 사이킥 수정이 준비가 덜 되어 있습니다."

"방법이 없겠습니까?"

"방법이라."

라파엘은 턱을 쓰다듬으면서 고민을 이어 나갔다. 그리고 잠시 후, 천천히 고개를 끄덕였다.

"있기야 합니다. 지금 사이킥 수정이 없어서 불가능한 건데…… 제가 지난번에 사이킥 수정을 제작하는 법에 대해 설명드렸었죠?"

"신성석을 만드는 것과 동일하다고."

"공명 현상을 증폭하기 위해서는 사이킥 수정이 필수적입니다. 원래는 최상급 마정석을 세밀하게 조율하여 고품질의 수정을 생산하는 건데, 조율을 포기한다면 빠른 속도로 생산은 가능합니다."

"다행……."

"단, 조율 과정을 포기하게 될 경우에는 치명적인 단점이 발생하게 됩니다."

……뭔가 불길한데.

"그 단점이라는 게……."

"손실율이 천문학적으로 높아지는 탓에 더욱더 많은 최상급 마정석이 필요합니다. 대충 계산을 때려 보면…… 가만 보자, 한화로 2천4백억? 그 정도쯤 필요하겠군요."

차원 간 통화료가 2천4백억이라고?

한 끗에 2천4백억을 태운다고?

"……어지럽네."

정신이 아득해지는 순간이었다.

⁂

다음 날 아침.

리멘 교단의 공식 휴가 전 마지막 회의.

이번 휴가는 교단의 전투원들뿐만 아니라 관리직들까지 모두 포함한 휴가.

어차피 정원은 페어리가 관리해 주고, 성지 내부도 통제

중이었기 때문에 이참에 모든 직원에게 휴가를 내줬다.

이번 기회에 휴가를 안 줬다면 정말 블랙기업 리멘에 대한 소문이 곳곳으로 퍼져 나갔을 것이다.

"후후, 성하, 이제 빚쟁이 되는 거예요?"

"시끄러워."

오늘 회의 주제는 재원 마련이었다.

리멘과의 통화에 소비되는 2천4백억이라는 천문학적인 금액.

대기업 총수들이나 국가 예산 집행기관들에게는 나름 이해할 만한 금액일지 몰라도, 아직 나는 평범한 서민의 마인드에서 벗어나지 못했다.

전세금 1억이 모자라서 쫓겨났던 옛날의 기억을 떠올려 봤을 때, 2천4백억이라는 금액이 나와 얼마나 거리가 먼지 쉽게 이해할 수 있을 것이다.

"그런데 성하, 도대체 얼마가 모자라서 회의를 해요? 강릉 갈 준비 중이었는데. 돈 필요하면 말씀하세요. 제가 빌려드릴게요."

"2천4백억."

"예?"

"2천4백억 좀 빌려줘 봐, 그럼."

내 말을 들은 루나가 잠시 말을 멈췄다. 그러더니 곧 창문 밖을 바라보며 말했다.

"회의 진행하시죠. 오늘 날씨 좋네."

"밖에 비 오는데."

"비 오는 날이 진짜 운치가 있잖아요?"

루나가 저러는 건 하루 이틀이 아니니 그냥 넘어가도록 하자.

오늘은 일단 교단의 핵심 간부들만 모여 있는데, 평소와 다른 점이라면 박지원 경영고문이 함께하고 있다는 것이었다.

박지원 고문이 이곳에 있는 이유는 간단했다.

오늘 회의의 주제가 '돈'이었으니까.

에덴에서도 그렇고, 지구에서도 그렇고.

사람 사는 곳이 다 똑같다. 역시, 뭔갈 하려면 돈이 필요하다.

교단 차원에서 구휼 사업을 하려면 돈이 필요하고, 전투원들 장비 챙겨 주려면 돈이 필요하고.

그건 아마 어느 세계나 마찬가지 아닐까?

"박지원 고문. 2천4백억, 마련할 수 있겠습니까?"

나는 살짝 떨리는 목소리로 박지원 고문에게 물었다.

우리 교단의 재정 상태에 대해서는 사실 여태까지 큰 관심이 없었다.

지금까지 살림살이는 라파르트 대주교와 박지원 고문이 도맡아서 했으니까.

내가 해 준 것이라고는 축성소를 추가해 주고, 축성소의 판매 상품을 DLC 상점에서 구매해 준 것뿐.

그런데 박지원 고문의 대답은 정말 의외였다.

"2천4백억을 어디에다가 사용하실 계획이십니까?"

"리멘님으로부터 신탁을 즉각적으로 받아야 하는데, 거기에 소용되는 비용입니다."

"일종의 국제 통화료군요."

엘리트답게 빠르게 본질을 파악하는 박지원 고문.

나는 박지원 고문의 말에 천천히 고개를 끄덕였다.

"정확합니다. 라파엘의 기계를 통해 연결을 해야 하는데, 기계를 연결시키기 위해서는 최상급 마정석을 가공해야 하거든요."

"2천4백억어치의 최상급 마정석이라…… 결론부터 말씀드리겠습니다."

박지원 고문은 태블릿 PC를 조작한 다음, 슬며시 미소를 지었다.

"2천4백억을 마련하는 건 현재로서도 충분히 가능합니다. 성하께서 생각하시는 것보다 교단의 재정은 매우 양호한 상태입니다."

"2천4백억을?"

"예, 인건비를 제외하고서 별다른 지출이 없었습니다. 그리고 개성 전초기지에서 들어오는 수익도 어마어마하구요. 유선 그룹과의 거래도 꾸준히 계속되고 있습니다."

우리가 흔히 '개성 영업소'라고 부르는 곳의 매출이 장난이 아니란 소리는 들었다.

개성에서 가장 매출이 높은 상점.

헌터들을 위한 고가의 중급 성수를 판매하는 곳인데, 헌터들이 역시 씀씀이가 컸다.

잘만 사용하면 여분의 목숨을 가지고 다니는 셈이니까.

유선 그룹에서도 우리 교단을 대리해서 성수 유통을 맡고 있지만, 유선 그룹의 재고도 거의 바닥을 치고 있을 정도라고 한다.

그만큼 헌터들에게 있어서 우리 교단의 성수가 인기 소모품이라는 뜻이다.

"원가가 없다는 게 가장 크지요. 기껏해야 유통비. 개성 전초기지의 경우에는 유통조차 우리가 직접 하니, 마진율이 100%에 가깝습니다."

"……말도 안 되네."

"저도 그렇게 생각합니다. 교단 전투원들의 장비들은 대부분 자체 제작을 하고 있기도 하고, 이렇다 할 지출이 딱히 없습니다. 당연히 돈이 모일 수밖에 없죠."

박지원 고문은 물을 한 모금 들이켰다.

그리고 나를 쳐다보면서 말을 이어 갔다.

"다만, 한 가지 문제가 있습니다."

"문제라면?"

"최상급 마정석의 가격이 높게 형성되고 있는 건 최상급 마정석의 성능 때문이기도 하지만, 가장 큰 이유는 공급이 적다는 겁니다. 최상급 마정석이 매물로 나오는 즉시 전 세계의 마법 계열 플레이어들을 비롯한 글로벌 기업들이 달려듭니다."

박지원 고문이 무슨 말을 하는지 알 것 같았다.

나는 한숨을 푹 내쉰 다음, 고개를 끄덕였다.

"돈이 있어도 구매하기가 힘들 것이다, 그 말이잖아요."

"그렇습니다. 회의가 끝나는 대로 국내 대기업들에 문의를 넣어 보겠지만, 제가 알기로는 다른 기업들도 최상급 마정석 수급에 문제가 있습니다."

잃어버린 땅을 개척하기 시작하면서 상급 마정석까지는 공급이 많아졌다고 들었는데, 최상급 마정석은 아직인 모양이다.

"정부 측에는 문의를 해 보셨습니까?"

"이번에 잃어버린 땅 수복 작전 때문에 남아 있던 최상급 마정석을 전량 소모했다고 합니다. 상급 마정석으로 대체하는 것도 불가능하구요."

"라파엘이 최상급 마정석이 아니면 사이킥 수정을 만들 수 없다는데 어떻게 해?"

내 대답을 들은 박지원 고문은 태블릿 PC를 다시 한번 조작했다.

"답은 해외에서 구해 오는 것뿐이군요. 현재, 세계에서 최상급 마정석 보유량이 가장 많은 국가는 미국입니다. 그다음 러시아, 중국. 중국의 경우에는 현재 내전 중이라서 논외로 치고, 남는 건 미국과 러시아인데……"

"미국에 구매 문의를 해 보겠습니다."

"성하께서 직접 말씀이십니까?"

"제가 직접 문의를 넣으면 뭐 어떻게든 되겠죠. 미국 대통령 번호도 있는데."

LA에 있을 때 전화 통화를 한번 했던 게 이렇게 스노우볼이 되어 굴러오나?

정 안 되면 라파엘을 통해서 연락을 넣어도 되고.

내 대답을 들은 박지원 고문은 웃으면서 말했다.

"중국이 내전 중이더라도 방법은 있을 겁니다. 제가 따로 알아는 보겠습니다."

"감사합니다."

"리멘 교단의 일원으로서 당연히 해야 하는 일입니다."

미국 쪽에 문의를 넣는 것으로 오늘 회의는 끝.

그래도 돈이라도 있어서 다행이다.

"이 시간부로 리멘 교단의 전원에게 휴가를 명령합니다. 푹 쉬고, 일주일 뒤에 봅시다. 비상 상황이 안 걸리도록 리멘 님께 기도를 드리도록 하세요."

내 휴가 명령과 함께 회의는 종료되었다.

그나저나 미국에는 어떻게 문의를 넣어야 하나?

⁂

박지원 고문의 조언대로 미국 측에 문의를 넣었다.

놀랍게도 미국 대통령이 직접 전화를 걸더라.

—여분으로 비축해 둔 최상급 마정석이 있습니다. 교황님께서 원하시는 양 정도는 충분히 맞춰 드릴 수 있을 것 같습니다. 마정석의 값은 물건으로 대신 받고 싶은데, 혹시 가능하겠습니까?

미국 측에서 요구한 물품은 다름이 아니라 성수를 비롯한 축성소의 여러 물품.

미국까지도 소문이 났는지, 미국 대통령의 입에서 먼저 제의가 들어왔다.

대답은?

당연히 승낙했지.

게다가 거래 방식도 굉장히 마음에 들었다.

먼저 최상급 마정석을 보내 주고, 1년에 걸쳐서 성수를 공급해 줄 것.

비록 내가 지금까지 열심히 쌓아 온 신성 점수를 축성소에

투자하게 되었지만, 어차피 축성소는 또 추가로 지을 생각이 었기 때문에 괜찮았다.

그렇게 해서 거래는 성사되었으며, 미국은 전투기와 수송기를 편성해서 곧장 배송을 시작했다.

세상에 수송기로 직접 배송받는 교황은 나밖에 없을 것이다.

돈도 아끼고, 이참에 축성소에 투자도 하고.

이래서 사람이 인맥이 좋아야 하나 보다.

그리하여 우리 교단의 성지에 도착하게 된 무려 2천4백억 어치의 마정석들.

마정석들은 도착하는 즉시 라파엘의 연구소로 향하게 되었다.

참고로 나와 라파엘은 따로 휴가를 가지 않았다.

라파르트 대주교도 마찬가지고.

대신 레오와 루나가 우리 가족들과 함께 강릉으로 떠났다.

나도 시연이랑 함께 여행을 가고 싶었건만, 퀘스트가 먼저인 건 어쩔 수 없잖아.

그렇게 마정석이 도착한 지 3일이 지났고, 마침내.

"완성되었습니다, 교황님."

사이킥 수정 제작이 완료되었다.

경이로운 속도라고 할 수 있었다.

늘 그렇듯이 신목 앞에서 베스, 페어리들과 놀고 있던 나는 반갑게 라파엘을 맞이했다.

"엄청 빠르네요."

"본국에서 넉넉하게 마정석을 보내와서 말이죠."

"넉넉하게 보낸 마정석을 하나도 남김없이?"

"여부가 있겠습니까. 교황님께서 섭섭해하실까 봐 하나도 남김없이 사용했습니다, 하하!"

나중에 라파엘의 연구소를 압수수색이라도 해야겠다.

혹시 꿍쳐 둔 마정석이 있을지도 모르잖아?

그게 얼마짜린데.

"교황! 호구 잡힌 거야?"

"교황은 호구야!"

"호구 교황 최고!"

"최고!"

페어리들이 일제히 엄지손가락을 치켜올리면서 소리쳤다.

……기분 최악이다.

나는 페어리와 베스를 뒤로한 채로 라파엘과 함께 집무실로 향했다.

사람이 없어서 그런가, 성지가 그 어느 때보다 평화로웠다.

일반인들도 출입을 못 하는 기간인 데다 성지에서 일하던 사람들까지 휴가를 보내서 그런지 진짜 성지가 텅텅 비어 있었다.

드래곤의 사체를 작업하는 토비와 토비의 제자들을 제외하고서는 성지에 아무도 없었다.

항상 사람으로 북적이다가 이런 모습을 보니까 감회가 새롭다고 해야 하나.

"그래도 좋은 소식이 있습니다, 교황님."

"뭔데요?"

"최소 10분 이상 연결이 가능할 것 같습니다. 사이킥 수정들이 제법 괜찮게 나왔거든요. 하하! 나란 과학자, 천재 과학자."

"……아, 예."

10분을 위한 2천4백억이라.

더럽게도 낭만적이군.

나는 씁쓸하게 미소를 지은 다음, 라파엘과 함께 집무실로 들어섰다.

집무실에는 지난번에 보았던 증폭기가 설치되어 있었다.

"세팅도 전부 끝내 뒀습니다. 바로 연결 가능합니다."

"마음의 준비 좀 하구요."

"마음의 준비?"

"그래도 제가 모시는 신과 대면하는 건데, 2천4백억 썼다고 기분 나쁜 표정 지을 순 없잖아요?"

"아아, 그렇군요. 편하게 하십시오."

좋게 좋게 생각하자.

리멘이랑 연락도 하고, 퀘스트도 클리어하고.

일단 내 몸에서 일어나고 있는 이 〈격〉이라는 것에 대한 정보가 필요했으니, 절대로 헛돈 쓴 게 아니다.

나는 심호흡을 몇 번 내뱉은 다음, 최대한 미소를 지었다.

“연결합시다.”

“예!”

설마 리멘이 잠시 자리를 비운 건 아니겠지? 그랬다면 진짜 사곤데.

이런저런 불안 속에서 증폭기가 가동되었다.

우우우우웅.

지난번에 느꼈던 규칙적인 공명.

증폭기에서 퍼져 나간 에너지가 빠른 속도로 신전을 채우기 시작했다.

당신의 주신이 〈신탁(神託)〉을 내립니다!

–기다리고 있었어, 나의 시우.

걱정을 종식시키듯, 리멘의 신탁이 머릿속에 울려 퍼졌다.

〈죽은 것들의 요새〉에서 들었던 그 불쾌한 신탁과는 차원이 다른 신탁.

그녀의 목소리를 듣는 것만으로도 머릿속이 깨끗하게 씻

겨 나가는 기분이었다.

–그런데 왜 이렇게 표정이 죽상이야? 숨겨 둔 꿀단지를 빼앗긴 곰의 표정이야.

"표현 너무 디테일하네. 그렇게 티가 나?"

–시우는 원래 억지로 웃으려고 하면 입가에 경련 오잖아. 지금이 딱 그 표정이야.

다른 사람은 다 속여도 리멘은 못 속인다니까.

하지만 리멘 앞에서 돈 이야기를 할 수는 없…….

–아, 돈 때문이었어? 그럼 좀 예민할 만하지. 돈 엄청 많이 썼나 보다.

"여신님 앞에서는 딴생각도 못 하겠네."

–나를 두고 다른 여자 생각을 하고 싶어? 그럼 조금 속상할 것 같아. 이래서 장거리 커플이 힘든 건가?

"장난은 나중에 치자. 좀 급해."

–알았어. 그럼 바로 본론으로 들어가자.

가볍게 웃음소리를 낸 리멘은 곧바로 내가 듣고 싶었던 이야기를 시작했다.

–격을 얻었구나, 시우. 이 순간을 기다리고 있었어.

잠시 후, 그녀에게서 그동안 듣지 못했던 이야기들이 흘러나왔다.

❧

리멘이 예전에 나에게 해 줬던 신격에 대한 이야기가 떠오른다.

신성력은 생명의 믿음으로부터 피어오르고, 그 신성력으로부터 신격이 생겨나는 것이라고.

리멘과 연결된 후, 리멘이 나에게 해 준 말을 정리하자면 다음과 같다.

1. 지구에도 격이 해금되었다. 따라서 곳곳에서 신격이 등장할 것이다.

2. 그 신격이 인류에 꼭 호의적이라는 법은 없다. 또한 리멘이 지구에 개입할 수 있는 여지가 점점 줄어들고 있다.

3. 대책을 마련해야 하는데, 나야말로 그 대책이다(?).

나를 더 굴리겠다는 의지가 담겨 있던 이야기.

그 이야기를 다시 한번 더 축소시켜 본다면.

"나를 계속 더 굴리겠다는 거잖아."

-나는 어차피 바지 사장이었잖아? 시우의 역할은 달라지지 않을 거야.

"여신이 그런 표현을 써도 돼?"

-시우 은근히 편견 있다니까? 바지 사장을 바지 사장이라고

부르지. 나야 이쪽 세계에 있기만 했고, 교단을 경영한 건 실질적으로 시우였잖아.

리멘의 말에 틀린 부분이 없어서 뭐라고 반박을 못 하겠다.

리멘은 나에게 신성력을 지원해 주는 일종의 건물주니까.

생각해 보니 좀 억울하네.

고생은 고생대로 다 하면서 건물주로부터 해방되지 못하는 건가?

-너무해. 나한테서 그렇게 벗어나고 싶었어?

"그런 뜻이 아니잖아."

머릿속을 들여다보이는 건 언제나 좋은 기분은 아니다.

나는 씁쓸하게 미소를 지으면서 말을 이어 갔다.

"그래서 지금부터 내가 해야 하는 건?"

지구는 그 어느 때보다 혼란스럽다. 옆 나라는 내전에 휘말렸고, 유럽과 미국은 테러의 위협에 시달리고 있다.

제3세계의 상황도 마찬가지다.

아프리카나 중동, 중남미.

그들 중 빌런들에게 넘어간 나라가 대다수다.

이런 상황에서 내 힘이 약해지는 건 두고 볼 수가 없었다.

내가 약해지면 우리 식구들이 위험해지니까. 시연이, 인욱이, 할머니뿐만 아니라 리멘 교단에 속한 모두가 말이다.

식구들은 지켜 줘야지.

리멘은 이런 내 생각을 모두 들여다본다. 내 의지, 내 결심을 받아들인다.

그녀는 언제나 그랬다.

에덴을 구해 달라는 부탁을 했던 그녀지만, 에덴에서 내가 무엇을 하더라도 묵묵히 지지해 주었다.

그것은 아마 이번에도 마찬가지일 것이다.

—시우가 내 하위 신이 되어야 해. 그래야 나와의 연결이 끊기더라도 지구에서 힘을 유지할 수 있어.

"이런 말 하면 안 되는데……."

—오글거린다고? 어쩔 수 없어. 그렇게 부담 가질 필요도 없고. 역할은 달라지지 않아. 시우의 격이 높아지면 시우는 결국 신격에 도달하게 될 거야. 신성력이란 원래 그런 힘이거든.

"마기나 마력 사용자들도 신격에 도달하나?"

—아니. 기운들마다 종착지가 달라. 마기는…… 시우도 잘 알고 있잖아? 마왕에 도달하게 돼. 마룡왕이 그러했듯.

"마력 사용자들은?"

—각자의 이상향에 도달하게 되겠지. 마력은 원래 그런 기운이니까.

대강 이해했다.

즉, 기운마다 종착지가 개별적으로 다르다는 것.

나는 신성력을 사용하는 존재이기 때문에 결국 신격에 도달하게 되는 모양이었다.

리멘이 친절하게 설명해 준 덕에 이해하기 쉬웠다.

—시우에게는 이미 격이 생겼어. 내 하위 신으로 간택될 수 있을 정도야. 원래도 자격은 있었는데, 여태까지는 지구의 시스템이 제한하고 있었거든? 그래서 내가 계약으로 선회했던 거고. 그런데 그게 이번에 풀린 듯하네.

"지구의 고대 신들이 다시 넘어오고 있어. 그것과 관련되어 있지 않을까?"

—격이 맞지 않으면 신격을 상대할 수 없어. 아마 격을 높이라는 건 그것 때문일 거야.

시스템을 선악으로 구분하는 건 굉장히 애매한 일이다.

하지만 한 가지 확실한 건, 시스템은 고대 신들이 넘어오는 걸 가만히 지켜볼 생각이 없어 보인다는 점이었다.

그래서 나에게 격을 부여한 거구나.

리멘만 나를 굴리는 게 아니라, 시스템 놈도 나를 굴리고 있었던 것이다.

—미안, 시우.

"왜 갑자기 미안해해?"

—……내 탓이야. 내 탓. 시우를 내가 데려가는 바람에……. 아마 그게 원죄일 거야. 너를 데려가면서 이쪽의 시스템과 이야기를 나눈 게 있—.

해당 정보에 대한 권한은 허용되지 않았습니다.

—이 이야기까진 아직 안 되나 보다.

시스템은 항상 이런 순간에 초를 친다.

빌어먹을 놈.

"더 높은 격에 도달하면 그 시스템이란 것도 손볼 수 있을까?"

—가능……할걸.

"좋아. 목표가 생겼어."

리멘은 이쁘고 나에게 사근사근하기라도 하지, 이 시스템이란 놈은 나를 그저 굴리기만 한다.

나중에 반드시 손봐야지.

반으로 접어 버리든지 해야 속이 풀릴 것 같다. 그래도 그런 생각을 하니 동기부여가 확실해졌다.

—하위 신으로 각성한다고 해도 지금과 크게 달라지는 건 없을 거야. 내 권한을 조금 더 다양하게 대행할 수 있을 거고, 시우의 사도를 따로 임명할 수 있게 돼.

"성좌물에서 능력을 내려 주는 것처럼, 뭐 그런 건가?"

—맞아. 내가 시우에게 능력을 내려 줬던 것처럼, 비슷하지. 그리고 선지자들의 위치도 알 수 있고, 은근히 할 수 있는 게 많다?

이야기만 들어 보면 전혀 나쁠 게 없어 보였다.

못 먹어도 고지.

어차피 지금 호랑이 등에 올라탔다. 다음 단계로 넘어가기 위해 반드시 내디뎌야 하는 발걸음이라면 주저해서는 안 된다.

"그렇게 하자."

-내 하위 신이 되어 줄래?

"신은 모르겠고, 계속 밑에는 있을게."

내 대답에 리멘이 작게 웃음을 터뜨렸다.

-고마워.

내 주위로 리멘의 신성력이 모여든다.

그 신성력은 빠른 속도로 내 몸속을 파고들었다. 나를 따스하게 껴안는 것만 같은 기분.

내 몸속의 신성력이 리멘의 신성력에 감응했고, 공명하기 시작했다.

-나 리멘은 사도 김시우를 나의 친우이자 동반자, 운명을 함께할 존재로 받아들이겠다.

그녀의 목소리와 함께 눈앞에 메시지가 떠올랐다.

〈차원계: 에덴〉의 주신 〈리멘〉이 당신에게 걸려 있던 제약을 해방시켰습니다.
당신에게 〈신격〉으로 도달하는 길이 열립니다.
당신이 보유하고 있던 직업 〈사도〉가 소멸합니다.
당신의 성향에 의거하여 시스템이 당신을 〈혼돈 선〉의 신격으로 분류합니다.
더 높은 격에 도달하기 위한 여정을 시작합니다.
퀘스트 〈해방〉을 완료하셨습니다.
〈DLC - 교환〉이 〈DLC - 신격〉으로 업데이트됩니다. 예상 소요 시간은 지구의 시간으로 일주일…….

수많은 메시지 창이 떠오르는 가운데, 머릿속에 리멘의 은밀한 목소리가 울려 퍼졌다.

—그거 알아 시우? 신격끼리는 결혼할 수 있어. 부담 가질 필요는 없고, 알고만 있어. 알겠지?

문득 어렸을 때 보았던 만화로 보는 그리스 로마 신화 개정판이 떠오르는군.

그리스 로마 신화는 신화가 아니라 실화였던 건가?

"그런데 지금 그게 중요해?"

—응.

"……음, 중요하네."

그렇게 해서 나는 리멘의 부하로서 나의 여신님께 다시 한번 충성을 맹세하게 되었다.

어떻게든 되겠지 뭐.

⁂

2천4백억을 남김없이 불태운 리멘과의 국제 통화가 끝나고, 나는 다시 신목으로 돌아왔다.

엄청난 변화는 없었다. 시스템이 업데이트 중이라서 그런가, 당장 확인할 수 있는 것도 없고.

그래도 시스템 놈한테 불평불만을 표시하니 나름대로 휴가를 부여해 준 모양이다.

덕분에 여유가 생겼다.

하지만 같이 휴가를 보낼 가족들은 여행을 갔고, 성지 내부는 조용하고.

결국 나는 아까처럼 다시 페어리들과 베스에게로 돌아갈 수밖에 없었다.

백설이를 괴롭히는 재미도 있지만, 이 백설이 놈이 눈치 좋게 가족들을 따라가서 말이지.

그래서 결국 설화, 그레이스와 함께 신목으로 피크닉을 왔다.

그레이스가 성지 밖의 카페에서 샌드위치와 커피를 사 왔고, 설화는 신전의 창고에서 돗자리를 가져오고.

갑작스러운 피크닉.

시연이만 옆에 있었으면 더 완벽했을 텐데 아쉬웠다. 시연이는 지금 바닷가에서 재밌게 놀고 있겠지?

"교황! 왜 그렇게 표정이 안 좋아?"

"우리랑 또 놀러 온 거야?"

"스마트폰! 우리한테 스마트폰을 줘! 교황 걸로 가지고 놀게!"

꿩 대신 닭이라고, 귀여운 시연이 대신에 귀여운 페어리들이 주위로 날아들었다.

특히, 페어리들의 대장이라고 할 수 있는 레아.

연분홍색 드레스를 입고 있는 레아가 날개를 파닥거리면

서 나에게 묻는다.

"무슨 고민이라도 있어? 표정이 복잡해."

나는 친절한 레아의 질문에 무표정한 얼굴로 대답했다.

"나는 신이다."

그러자 페어리들의 반응이 뜨거웠다.

"미쳤구나! 괜찮아, 교황이 미쳐도 우리는 교황의 편이야!"

"교황 파이팅!"

"미친 교황 파이팅!"

"힘내라고 하지 말라고……."

매사에 긍정적인 페어리들조차 내가 신이라고 하니까 미쳤다고 하는구나.

하지만 사실인걸.

당분간은 숨기고 있어야겠다. 페어리들조차 이런데, 다른 사람들에게 가서 '사실 제가 이번에 신이 되었는데요.'라고 하면 반응이 어떨까?

당연히 페어리들처럼 나를 미친놈으로 취급하겠지.

그러니까 숨겨야겠다.

그리고 솔직히 말만 신이지, 몸이 달라진 것도 못 느끼겠다.

리멘 역시 크게 달라질 건 없다고 했으니까 아마 평소와 다를 바 없을 것이다.

그냥 새로운 목표가 생긴 정도.

그래도 심란한 건 어쩔 수 없었다.

“사부님, 이거라도 드세요.”

“고맙다.”

나는 그레이스가 건네주는 샌드위치를 받아서 한 입 베어 물었다. 그리고 그레이스를 슬쩍 쳐다보면서 말했다.

“스승님, 사부님. 호칭은 하나로 통일하면 안 될까?”

“왜요? 골라 먹는 맛이 있잖아요.”

“제자야.”

“예, 스승님.”

“성지 둘레길 30바퀴 뛰고 와라. 체력은 국력. 그것이 내가 너에게 내려 주는 오늘의 과제다.”

그러자 그레이스가 손을 내저으면서 미소를 지었다.

“에이, 사부님. 장난도.”

“넌 내가 장난 같은 걸 하는 사람으로 보이냐?”

“……진짜 뛰어요?”

“어. 갑옷 입고 뛰어.”

내 말에 그레이스는 눈을 끔뻑거리면서 나를 쳐다보았다.

그러나 그것도 잠시.

오히려 주먹을 불끈 쥐면서 자리에서 일어섰다.

“넵! 금방 다녀오겠습니다!”

그리고 순식간에 시야에서 사라지는 그레이스.

어찌나 빨리 달리던지, 페어리들도 감탄사를 내뱉을 정도였다.

나는 그레이스의 뒷모습을 보면서 샌드위치를 한 입 더 베어 물었다.

그 옆에서 스무디를 마시고 있던 설화가 한마디 거들었다.

"오빠는 참 신기해."

"뭐가?"

"어쩜 이렇게 미친 사람들만 모아 두는지 모르겠어. 자석 같은 사람이야."

"네가 할 말은 아니지 않을까?"

내 말에 설화가 어깨를 으쓱였다.

"그건 맞아."

"너희 길드는 요새 어때?"

"3일 전에 서울로 돌아왔어. 그 전까지는 개성에서 계속 있었구."

처음 설화와 설화 길드원들을 만났을 때가 문득 떠올랐다.

그때만 해도 설화 말고는 강한 헌터들이 없었는데, 어느새 개성에서 높은 실적을 자랑하는 길드가 되었다.

그것은 그만큼 설화가 길드 관리를 잘하고 있다는 뜻.

설화가 겉으로는 쌀쌀맞아 보여도 자기 부하들 하나만큼은 끔찍하게 아낀다.

알아서 잘하겠지.

"신탁은 잘 받고 왔어?"
"만족스러워."
"나도 리멘님 얼굴 한번 보고 싶네. 그렇게 아름다우시다던데."
"아름답지."
설화는 빨대로 스무디를 몇 번 저었다. 그리고 천천히 고개를 끄덕였다.
"궁금해."
"보면 깜짝 놀랄 거야."
나도 처음 봤을 땐 놀랐거든.
리멘이 현신을 안 한 지도 꽤 오래되었다. 그만큼 차원 간의 연결이 불안정하다는 뜻이겠지.
나는 컵에 담긴 얼음을 깨물었다. 그리고 작게 숨을 뱉어냈다.
"설화야."
"응?"
"쉴 수 있을 때 충분히 쉬어 두자."
그 어느 때보다 평화로운 이곳.
나는 지금 내가 서 있는 이곳이 태풍의눈이라는 것을 잘 알고 있었다.
이 눈에서 벗어나게 된다면 그 어느 때보다 거친 태풍이 우리를 휩쓸 것이다.

그 태풍이 얼마나 거셀지는 사실 나조차도 모른다.

우리가 지금 할 수 있는 것은 잠시 휴식하면서 태풍을 지켜보는 것뿐.

이 태풍 끝에는 무엇이 나를 기다리고 있을까?

나는 아무것도 예정되지 않은 미래를 떠올리면서 다시 한 번 얼음을 씹어 삼켰다.

오늘따라 얼음이 차가웠다.

바쁘다 바빠 현대사회

리멘 교단 전체의 휴가 기간 동안 세상에는 정말 많은 일이 생겼다.

〈중국 내전, 심각한 상황으로 돌입. 총 14개의 무장 세력. 신장 위구르, 티베트, 홍콩 독립선언〉

〈중국공산당 대변인, '대륙은 아직도 우리의 통제하에 있어…… 각지의 무장 조직들, 투항만이 당신들의 가족을 지킬 수 있는 유일한 방법.'〉

〈프랑스 파리, 영국 런던 등 유럽 주요 도시에서 '유니온' 소속 빌런들의 테러가 이어지고 있어……〉

〈미국-멕시코 국경 인근의 '유니온' 거점 기지 소탕 작전 시작. 총사령관은 '바바리안' 에이든 하워드〉

뉴스에 연일 보도되고 있는 동북아시아, 유럽, 아메리카 대륙을 제외하고서라도, 아프리카와 중동 역시 상황은 비슷했다.

전 세계가 불타고 있는 듯한 모습.

유니온, 정화자 이 두 조직으로부터 시작된 혼란은 새로운 시나리오 〈격의 시대〉와 함께 빠른 속도로 퍼져 나가고 있었다.

몇몇 경제 전문가들이 전 세계에서 동시다발적으로 일어나고 있는 이번 사태를 두고 벌써 '대혼란'이라고 명명해야 하지 않을까 고민하고 있다는 소식도 함께 들려왔다.

내전으로 인한 중국 시장의 붕괴, 선진국들에 가해지는 대대적인 테러.

이런 것들은 필연적으로 경제 위기를 불러올 수밖에 없을 것이다.

"뉴스만 틀면 온통 부정적인 뉴스뿐이야. 우울증 걸릴 것 같아."

휴가지에서 피부를 까맣게 태워 온 인욱이가 TV를 보면서 중얼거렸다.

아침 식사로 우유에 시리얼을 말아 먹고 있는 인욱이.

나는 인욱이의 말에 한숨을 푹 내쉴 수밖에 없었다.

"솔직히 그간 너무 조용했잖아?"

"만약에 게이트랑 던전 없었잖아? 진짜 이대로 세계 3차

대전 일어났을걸.”

“동생아.”

“왜?”

“인간이 과연 게이트랑 던전이 있다고 해서 전쟁을 안 일으킬 것 같아?”

최악의 상황 속에서도 일어날 전쟁은 일어난다.

평화로운 시기에는 평화로운 시기대로, 혼란스러운 시기에는 혼란스러운 시기대로.

그저 전쟁의 명분이 다를 뿐, 인간의 욕심은 때를 가리지 않는다.

마족들에 의해 멸망의 위기에 놓여 있던 에덴에서조차 마찬가지였었다.

그 끔찍한 상황에서도 전쟁은 일어나더라.

“욕심이 문제지.”

전쟁의 시발점이 되는 갈등이라는 건 원래 인간의 욕심끼리 맞부딪히면서 일어나는 거니까.

다만, 이번 경우에는 좀 특이하다.

“뒤에 숨어 있는 놈들이 피어오르던 욕심에 기름을 끼얹었지. 그놈들을 잡아다가 신의 심판대에 올리는 게 바로 내 역할인 거고.”

“형, 오늘은 조금 교황 같네.”

“평소에는 교황 안 같았어?”

"형은 어떻게 생각하는데?"

"나만큼 신실한 사람이 어디 있냐? 리멘 말 잘 듣고, 어려운 사람들 도와주고."

내 말에 인욱이는 잠시 고민을 했다.

아니, 저게 고민을 할 일이야?

나름 좋은 일 많이 하고 다녔는데.

인욱이는 접시에 담긴 우유를 마저 해치운 다음, 입가를 닦으면서 말했다.

"일단은 그렇다고 쳐줄게."

"일단은?"

"그렇다고 안 하면 내 등짝 후릴 거잖아. 얼굴 보니 딱 그러네. 맞아 죽긴 싫어. 그나저나 형, 오늘은 출근 왜 이렇게 늦게 해?"

시간은 벌써 오전 11시.

원래라면 신전에 나가서 집무를 봐야 할 시간이지만, 오늘은 집에서 뒹굴거리는 중이었다.

인욱이가 이상하게 생각할 만도 하다.

하지만 나도 나름대로 이유가 있다고.

"확인하고 가야 할 게 있어서."

"나한테 맡기지. 나 오늘 내내 집에 있을 계획이었어."

"언제는 밖에 나간 것처럼 말한다? 우리 집에 확인할 게 있는 게 아니라, 내 상태를 좀 확인해야 돼서. 그래서 반차

냈어."

하위 신이고 뭐고 내 마음대로 반차를 내는 것조차 불가능하다.

라파르트 대주교한테 허락도 맡아야 하고, 이래저래 거쳐야 할 과정이 많다.

내가 오늘 집에서 쉬고 있는 이유는 간단하다.

오늘은 내 시스템이 업데이트되는 날이기 때문이다.

시스템 업데이트 완료까지 남은 시간 : 34분

나는 시야 한쪽에 자리 잡은 메시지 창을 살펴보았다.

벌써 일주일이 지났구나.

시간 참 빠르다. 세상이 워낙 정신없이 흘러가서 그런 걸까?

그런데 방금 전의 내 말을 인욱이는 다르게 받아들였나 보다.

뭔가 충격을 받았는지, 그릇을 바닥에 떨어뜨렸다.

"……솔직하게 말해도 돼, 형. 죽을병이야?"

"갑자기 무슨 병이야."

"형이 출근을 안 하고 몸 상태를 확인하겠다는데, 그럼 아픈 거 아니야?"

그럴듯하군.

그래, 가족인데 솔직하게 말해 줘도 되겠지? 인욱이는 어차피 친구도 없어서 말이 새어 나갈 리도 없을 테니까.

나는 솔직하게 말할 결심을 끝냈다. 그리고 인욱이를 향해 진지한 목소리로 말했다.

"내가 신이 되어 가는 중이야."

나름 큰마음 먹고 고백한 진실.

그 진실이 충격적이었는지, 인욱이는 한참 동안을 측은한 눈빛으로 나를 바라보았다.

그렇게 얼마나 불편한 침묵이 이어졌을까?

마침내 인욱이가 조심스레 입을 열었다.

"……뇌에 종양이 생긴 거구나. 그래서 말도 안 되는 미친 소리를 하는 거야."

"아니, 진짜 내가……."

"아니면 뇌에 침투하는 바이러스인 거야? 나한테만 솔직하게 말해 봐. 형은 튼튼하니까 이겨 낼 수 있을 거야. 광증이 온 것 같은데, 뭐 어때. 형은 원래부터 미쳐 있었잖아. 우리 같이 이겨 내 보……."

짜아아아아악-.

나는 인욱이의 등을 후려쳤다. 그리고 짜증을 가득 담아 말했다.

"꺼져, 그냥."

"형이 먼저 미친 소리 했잖아. 왜 때려?"

"꺼져."

형제란 게 뭐 이렇지.

인욱이는 툴툴거리면서 그릇을 쥔 채로 부엌으로 향했고, 나는 멀어지는 인욱이의 뒷모습을 바라보면서 한숨을 푹 내쉬었다.

그리고 소파에 누워 잠시 눈을 감았다.

갑작스레 피로가 느껴졌다. 시스템 업데이트와 관련되어 있는 걸지도 모르겠다.

그래서 그냥 낮잠을 잤다.

그렇게 얼마나 눈을 붙였을까?

30분이 벌써 지났는지, 눈앞에 기다렸던 메시지 창이 떠올랐다.

> 시스템 업데이트가 완료되었습니다.
> 〈DLC - 신격〉을 시작합니다.

드디어 올 것이 왔다.

⁂

리멘이 크게 달라질 게 없다고 했던가.

역시, 우리 여신님의 말은 틀리지 않았다.

〈DLC - 신격〉이 업데이트됨에 따라서 일부 기능이 해금됩니다.
〈사도 관리〉, 〈신전 건설〉이 해금되며, 다른 기능은 퀘스트를 완료함으로써 해금할 수 있습니다.

신성 점수 시스템은 그대로.

다만, 신성 점수를 통해서 할 수 있는 게 많아졌다.

예전에는 리멘의 성유물이 없이는 신전을 건설할 수 없다고 했다면, 이제는 신성 점수만으로 건설이 가능했다.

즉, 확장이 가능해진 것이다.

대신 신전 건설에 소모되는 신성 점수의 양이 어마어마할 뿐.

그렇게 새로운 시스템의 구석구석을 꼼꼼하게 확인한 나는 곧바로 신전으로 출근했다.

"오셨습니까, 성하."

성지의 입구에서부터 나를 맞이하는 레오.

나는 가볍게 손을 흔든 다음, 성지를 슬쩍 둘러보았다.

출입 통제가 풀렸지만 예전만큼 인파가 몰려들지는 않았다.

관광객들이 엄청 많았었는데, 이제는 관광객보다는 순례자들이 더 많은 것 같았다.

그라운드 제로에서 사망한 분들이 지인이거나 리멘 교단을 믿는 신도들, 그들이 대부분이었다.

확실히 관광객이 없으니 숫자는 적었다.

관광을 하기에는 부적합한 시기이긴 하지.

물가는 치솟고, 옆 나라에선 내전이 벌어지고 있고.

이런 시기에 속 좋게 관광을 했다가는 뺨 맞기 참 좋지.

"성지에 별일은 없었고?"

"예, 성하. 페어리들의 나무 정령 덕분에 성지가 그 어느 때보다 깔끔하게 유지되는 중입니다."

"좋아."

나는 레오의 호위를 받으며 여유롭게 신전으로 향했다.

신전으로 향하는 길, 많은 사람이 나를 알아보고 두 손을 모았다.

나를 보고 기도를 올리는 사람들.

예전에도 저렇게 나를 향해 기도를 올리는 사람들이 많았지만, 지금은 뭔가 감회가 새로웠다.

왜냐고?

누군가의 간절한 기도가 들려옵니다. 신성 점수 10점을 획득합니다.
누군가의 신실한 기도가 들려옵니다. 신성 점수 10점을…….

실시간으로 신성 점수가 축적되는 걸 확인했기 때문이다.

내가 예전과 달라진 건 딱 하나뿐이다.

리멘의 하위 신으로 들어가게 된 것.

이게 가능한 이유는 친절하게도 시스템이 직접 설명해 주었다.

> 당신이 <리멘>의 하위 신으로 각성함에 따라, 이제부터 당신을 향한 기도도 신성 점수로 집계합니다.

아, 그러니까 저 사람들은 리멘이 아니라 나를 향해서 기도를 올리고 있다는 거지?

……뭐, 그럴 수 있지.

저 사람들에게는 보이지 않는 리멘보다는 보이는 내가 훨씬 더 익숙하니까.

그런데 이게 조금 낯간지럽기는 하다.

나를 향해 기도를 하고 있다는 걸 알고 나니까 괜히 쑥스럽다고 해야 하나?

"성하, 얼굴이 붉어지셨습니다. 혹시 몸이 안 좋으신 겁니까?"

"오늘따라 다들 내 몸 상태에 대해 왜 이렇게들 걱정이 많아? 괜찮으니까 걱정하지 마. 그냥 부끄러워서 그래."

나는 관련 메시지 기능을 비활성화시킨 다음에야 계속 앞으로 걸어갔다.

그렇게 한 10분쯤 걸어서 집무실에 도착했다.

집무실의 책상 위에는 내가 처리해야 할 서류들이 산더미처럼 쌓여 있었다.

하위 신이 되더라도 저 업무 지옥에서는 벗어날 수 없는 건가?

나중에 라파엘한테 인공지능이라도 하나 분양해 달라고 해야지. 진짜 서류가 제일 무섭다.

"성하께서 최종 승인해 주셔야 하는 서류들만 간추린 겁니다."

"너무 많다."

"성기사, 사제, 이단심문관 교육생들과 관련된 서류들이 대부분이며, 성수를 비롯한 축성소에서 나오는 성물에 관한 문의, 그리고 병력 지원 요청. 이 정도로 정리할 수 있겠습니다."

"네가 직접 정리해 둔 거지?"

"예."

"레오 바쁘네. 교관도 하랴, 내 비서도 하랴."

"인력을 충원시켜 주……."

"앞으로도 잘 부탁해."

레오는 반드시 내가 옆에 끼고 있어야 한다. 시간이 남으면 어딜 가서 어떤 사고를 칠지, 나조차도 감당이 안 된다.

나는 레오를 향해 방긋 웃어 준 다음, 자리에 앉아서 곧바로 서류들을 확인했다.

교육생들과 관련된 서류는 다름이 아니라 지난번에 가져

왔던 드래곤의 부산물을 통한 장비 제작에 관한 내용이었다.
토비가 직접 작성한 보고서.
사체 해체를 통해서 얻은 부산물들을 사용할 수 있게 해 달라는 내용의 보고서였다.
"드래곤 본이랑 미스릴을 조합해서 판금 갑옷을 만든다……. 안 할 이유가 없지. 그런데 이거는 좀 신박하네. 드래곤 스케일로 실을 만들어서 사제복을 만든다? 이게 가능한가?"
판금 갑옷을 만들겠다는 건 충분히 예상했다. 하지만 그 밑에 적혀 있는 '드래곤 스케일 사제복'은 정말 참신한 이야기였다.
내 질문에 레오가 곧바로 대답했다.
"드래곤 스케일을 라파엘 님의 장비를 통해서 옷감으로 만들 수 있다고 합니다."
"그게 돼?"
"라파엘 님께서 직접 보여 주셨습니다. 서류 옆에 샘플을 놓아두었습니다. 만져 보시면 될 것 같습니다."
"손수건 올려 둔 줄 알았는데, 이게 그거였구나."
"드래곤 스케일에 최상급 신성석을 섞었다고 합니다. 옷감에 관한 보고서는 그 보고서 뒤쪽에 첨부……."
"굳이 안 봐도 될 것 같다."
드래곤 스케일로 만들었으니 방어력은 걱정할 필요 없을

것이고, 신성석까지 갈아 넣어서 그런지 신성력을 증폭시켜 주는 효과까지 있었다.

최고의 옷감.

안 그래도 우리 사제나 이단심문관 들을 위한 장비가 부족하다 싶었는데, 라파엘의 기술이 확실히 대단하긴 하구나.

앞으로 그 연구소에서 어떤 괴물들이 튀어나올지 내심 기대가 된다.

그 뒤로 나는 빠르게 서류들을 살폈다.

"개성 전초기지를 제외하고서는 상품 유통은 유선 그룹의 몫이니까, 일단 그쪽으로 문의하라고 하고. 지원 요청? 이거 중국에서 온 거잖아."

"그렇습니다."

"정부 측에 문의하라고 해. 자칫하다가는 내전에 개입하게 되니까, 우린 진짜 조심해야 해. 의료 지원 쪽으로 가닥을 잡자. 아, 지금 중국에 우리 쪽 정보원 있지?"

"린 타오 형제를 기억하십니까?"

"아, 예전에 시연이 뒤밟았던 그 친구? 라파르트 대주교가 직접 세뇌, 아니 회개시킨 친구잖아."

"그 형제가 현재 상하이에서 포교를 진행 중입니다."

"잘됐네. 그 친구를 통해서 현지 정보 좀 더 자세히 알아봐."

중국의 내전으로 인한 불똥은 언젠가 우리에게도 튈 것

이다.

그 전에 우리도 우리 나름대로 만반의 준비를 해 둬야만 한다.

그래야 이 태풍에서 견딜 수 있을 테니까.

"아, 그리고 레오야, 30분 뒤에 간부들 전부 집무실로 모이라고 해. 논의할 게 있다."

앞으로 교단 운영에 있어서 중요한 거라, 나 혼자 일방적으로 결정하기에는 부담이 좀 있는 주제.

나는 서류를 잠시 책상에 내려놓은 다음, 레오를 바라보면서 말했다.

"우리 2호점 지어야 돼."

"2호점이라면……."

"두 번째 신전 말이야."

교세를 확장시킬 수 있을 때 확장시켜야지, 안 그래?

⚜

핵심 간부들이 모인 회의가 시작되었고, 가장 먼저 발언을 시작한 건 루나였다.

"성하, 저한테 좋은 생각이 있어요."

인욱이와 마찬가지로 휴가 가서 잔뜩 태닝을 하고 온 우리의 루나 레벤톤.

루나가 저렇게 자신감 넘치게 말할 때마다 두렵다.
하지만 그럼에도 루나의 말을 듣고 싶은 걸 보면, 루나의 개소리란 건 참 중독성이 있는 것 같다.
나도 모르게 듣고 싶어진다니까?
나는 한숨을 내쉬면서 고개를 끄덕였다.
"어디 한번 말해 봐."
"새로운 신전을 건설하는 장소가 꼭 국내일 필요는 없잖아요?"
"……그렇지."
일단 대한민국은 서울의 신전만으로도 충분히 커버가 가능하다.
부산, 대전의 그라운드 제로에도 신전을 건설할 계획은 있었지만 꼭 지금일 필요는 없었다.
"그렇다면 해외에 지어도 된다는 거죠?"
"최소 대주교급이 가야 해. 라파르트 대주교가 그 적임자라고 생각하고."
신전을 짓는다는 것은 그곳에서 정기적으로 예배-우리도 편하게 예배라고 부른다-를 드린다는 뜻이다.
현재 리멘 교단의 정식 예배는 사람들이 쉬는 일요일에 맞춰 드리고 있는 중이니, 새로운 신전을 건설하게 되면 그곳에서도 예배를 드려야만 한다.
그러기 위해서는 당연히 주교급을 보내야 하는데, 현재 지구에는 주교급의 사제가 없다.

라파르트 대주교, 레오, 이렇게 대주교만 둘뿐.

내 말을 들은 루나가 목소리의 기세를 높였다.

"제가 생각해 둔 장소는 해외예요."

"일본? 미국?"

"아니요."

"……그럼 어딘데?"

잠시 후, 루나의 입에서 폭탄이 튀어나왔다.

"중국 상하이. 우리의 자랑스러운 린 타오 형제가 정권의 압력을 이겨 내면서 포교를 하고 있는, 리멘 교단의 또 다른 성지가 될 곳! 거기에 순교비라도 만들어 줘야 하잖아요."

그 말을 들은 나는 레오에게 슬쩍 물었다.

"린 타오 죽었어?"

"아닙니다. 멀쩡히 살아 있습니다."

"그런데 왜 쟤는 순교라고 해?"

"그것이…… 그곳에서 순교를 하지 않으면, 레벤톤 경이 직접 순교를 시키겠다고……."

"미치겠네."

진짜 미치겠네.

그러나 루나는 내 말에 개의치 않고 당당하게 이야기를 이어 나갔다.

"현재 중국은 아수라장! 풍전등화! 아비규환! 생명이 덧없이 죽어 나가고 있는데, 자비의 교단으로서 가만히 지켜볼 수는 없잖아요!"

그 어느 때보다 열변을 토해 내는 루나.

분위기에 취한 걸까?

루나는 순식간에 속내를 드러내기 시작했다.

"그리고 성하, 별들의 전쟁이라는 전략 시뮬레이션 게임 아시죠?"

"알지."

인간, 에일리언, 프레데터 세 종족끼리 나눠서 싸우는 대한민국의 민속 게임 중 하나.

21세기 초반에 대유행했고, 그 이후로도 리마스터, 리마스터 파이널, 리마스터 얼티메이트 버전으로 출시되고 있는 유서 깊은 전략 시뮬레이션 게임이다.

그런데 갑자기 여기서 그게 왜 나올까?

"거기에 보시면 전진 병영, 전진 게이트라는 전략이 있거든요."

"……그래서?"

"그러니까 우리는 전진 신전을 해 보자는 거예요. 내전을 종식하는 데 힘도 좀 쓰고, 우리의 신도들도 늘리고. 좋잖……."

"레오야."

"예, 성하."

"끌어내."

"예."

레오는 조용히 자리에서 일어나 루나를 의자째로 집무실 밖으로 끌고 나갔다.

"아니, 성하! 이거 진짜 먹히는 전략이라니까요? 나무를 보지 마시고 숲을 보셔야 합……."

처절한 외침을 끝으로 루나는 퇴장.

나는 지끈거리는 머리를 짚으면서 한숨을 푹 내쉬었다.

"전진 신전은 진짜…… 후우. 라파르트 대주교, 요새 루나 관리 제대로 안 하십니까?"

원래 라파르트 대주교가 루나 담당인데, 이번 회의는 라파르트 대주교와 함께하는 상황인데도 저러네.

그런데 라파르트 대주교의 반응이 이상했다.

평소 같았으면 본인의 손으로 루나를 직접 끌고 나갔을 상황이었는데, 그저 조용히 차를 마시고 있었던 것이다.

"루나 레벤톤 경의 충성심과 신앙심이 과연 대단하군요. 그렇지 않습니까, 성하?"

"……당신이 흑막이지?"

"무슨 말씀을 하시는지, 저는 잘 모르겠습니다."

확실하군.

믿는 도끼에 발등 찍힌다더니.

어쩐지 루나가 기세 좋게 외쳤다 싶었다. 전부 다 이 라파르트 대주교의 치밀한 계획이었구나.

나는 한숨을 푹 내쉬면서 고개를 가로저었다.

"중국은 아직까진 안 돼요."

"어째서입니까?"

"자칫하다가는 내전에 개입한 형국이 됩니다. 린 타오 형제에게 항상 안전이 제일이라고 전해 주세요."

"아쉽지만, 알겠습니다."

도대체 뭐가 아쉽다는 거야?

"원래의 계획대로 일본에 신전을 건설하는 쪽으로 갑시다."

일본인 교육생들도 받았고, 일단 일본 쪽에 신전을 건설해서 교단의 영향력을 확대하는 것이 먼저일 것 같다.

내 말에 라파르트 대주교는 아쉽다는 표정을 지었지만, 그래도 수긍했다.

"한데 성하, 성유물을 새롭게 얻으신 겁니까?"

"성유물요?"

"갑작스레 두 번째 신전을 건설하신다기에 여쭤보았습니다."

"아, 그런 건 아니구요. 리멘으로부터 성지를 설정할 수 있는 권한을 부여받았거든요."

정확히는 리멘과 시스템, 둘의 힘을 동시에 받은 셈이지만 말이지.

그러자 라파르트 대주교가 눈을 크게 떴다. 그러더니 곧 나를 향해 정중히 고개를 숙였다.

"성하께서는 결국 신의 길을 걷고 계시는군요. 제가 성하께서 가시는 길을 전력을 다해 보좌하겠습니다."

"라파르트 대주교가 처음이네요."

"어떤 게 말씀이십니까?"

"신 어쩌구저쩌구를 먼저 말해 준 사람이요. 다른 사람들은 전부 미쳤다는 말만 하던데."

그러자 라파르트 대주교가 인자하게 웃으면서 답했다.

"리멘님의 뜻을 사랑하고 따르는 자들이 그분을 닮아 가는 건 당연한 이치지요. 성하라면 그 길을 걷게 되실 줄 알았습니다."

〈격〉에 대한 게 성서에 명시되어 있던 걸까?

"성서에 나와 있나요?"

"그렇습니다. 레오 대주교도 알고 있을 겁니다. 하지만 자세하게 언급되어 있지는 않습니다."

"루나는?"

"루나 레벤톤 경은 성서를 읽지 않습니다. 아마도……."

모를 거란 소리군.

그렇게 해서 리멘 교단 2호점, 아니 두 번째 신전은 일본에 짓는 걸로 결정되었다.

이제부터 뭘 해야 할까?

일단 일본 쪽에 의사를 전달해야겠지?

☙

일은 일사천리로 진행되었다.

대한민국 정부 측에도 우리 교단의 두 번째 신전을 일본에다가 짓겠다는 이야기를 전달했다.

그래도 대한민국을 기반으로 성장한 종교인데, 정부 쪽에 미리 이야기를 하는 게 예의라고 생각했으니까.

대한민국 정부 쪽에서도 딱히 별말은 없었다.

도리어 정부 쪽에서도 일본에 파견할 인원이 있으니, 같이 가는 게 어떻냐고 묻더라.

그래서 그냥 같이 가기로 했다.

그런데 문제는.

"같이 간다는 사람이 대통령님일 줄은 몰랐죠."

"하하! 겸사겸사 우리 김 교황님과 시간도 보내고, 시급한 문제도 해결 짓고. 뭐 그런 거 아니겠습니까?"

그 '파견할 인원'이라는 게 서신우 대통령일 줄은 몰랐다.

"이렇게 생각하니까 문득 옛날에 김 교황님을 처음 뵈었을 때가 떠오릅니다. 그때 제가 공항까지 차를 태워 드리지 않았습니까?"

"생각해 보니 그러네요."

"이번에는 일본까지 비행기를 태워 드리는 셈이네요. 이 참에 대통령 임기 끝나면 김 교황님의 기사나 되어 볼까요? 아! 제가 말하는 기사는 검을 쓰는 기사가 아니라 운전대를 잡는 기사입니다."

내가 지금 타고 있는 이 비행기는 그 유명한 공군 1호기, 즉 대통령이 해외를 방문할 때 사용하는 그 비행기 되시겠다.

뉴스에서나 봤었던 그 비행기.

옛날이었다면 신기했겠다만, 이제는 딱히 신기하지도 않다.

청와대에서 떡볶이도 먹어 봤고, 그리고 이미 에덴에서 신기한 경험은 싸그리 하고 왔거든.

"원래는 민간 항공기를 타고 갈 생각이었습니다만, 참모진이 극구 말리더군요."

"비공식 방문입니까?"

"비공식의 탈을 쓴 공식 방문이죠. 중국 문제에 대해 직접 이야기를 나누고자 갑니다."

"중국 문제가 심각한가 보네요."

중국 이야기가 나오자마자 서 대통령의 얼굴에 다시 피로감이 스멀스멀 기어 올라오기 시작했다.

"외신들이 보도하는 것보다 훨씬 더 문제가 고약합니다. 정화자가 뒤에서 혼란을 조장하고 있습니다. 소수민족의 독립과는 별개로, 중국공산당 내부의 파벌이 서로 극명하게 대립하고 있습니다."
"쪼개질 가능성은요?"
"……높습니다. 그래서 골치인 거구요."
나는 힘들어하는 대통령에게 신성력으로 가볍게 축복을 내려 주었다.
그러자 흙색에 가까웠던 대통령의 낯빛이 한결 나아졌다.
"감사합니다. 역시 신성력은 대단합니다."
"몸 관리 잘하세요."
"아침에 일어나면 1시간 조깅을 합니다. 다만, 근래에 밤샘 회의가 너무 많았어서…… 정시 퇴근이 그리운 나날들입니다."
대통령은 물을 한 잔 들이켰다.
그리고 애써 미소를 지으면서 말을 이어 갔다.
"신전을 지을 부지는 탐색하셨습니까?"
"일단은 센다이시를 생각하고 있습니다."
"교황님께서 야마타노오로치를 토벌하셨던 그곳, 리멘 교단이나 일본에게도 상징적인 의미가 있는 곳이군요. 괜찮을 것 같습니다."
경색되어 있던 대한민국과 일본의 가교가 되어 주었던 사건.
실제로 일본은 현재 리멘 교단의 인기가 대한민국만큼이나 하늘을 찌르고 있는 곳이다.

리멘 교단의 신전에 들러 보고 싶어서 서울로 왔다는 일본인을 심심찮게 볼 수 있을 정도.

우리 교단이 평화의 상징이 되어 준다면, 그것만으로도 리멘은 기뻐할 것이다.

"대통령님, 곧 착륙합니다."

"아, 그래요? 알겠습니다."

비서실장의 말을 들은 서 대통령이 나를 향해 가볍게 손짓했다.

"김 교황님, 착륙한다고 하니 벨트를 매세요."

"제 걱정을 해 주셔서 감사……."

"기체를 걱정하는 겁니다. 김 교황님이야 괜찮으시겠지만, 김 교황님이 여기서 굴러다니시다간…… 저는 비행기 사고로 사망한 대한민국 첫 번째 대통령이 되는 겁니다."

그렇군.

날 걱정해 주는 게 아니라 본인의 목숨을 걱정하는 거였군.

나는 머쓱하게 머리를 긁적인 다음, 얌전히 벨트를 맸다.

그로부터 5분 뒤.

우리는 목적지였던 일본의 하네다 공항에 도착했다.

지난번에 갔던 나리타 국제공항이 아닌 하네다 공항.

착륙이 끝나자 서 대통령은 벨트를 풀었다. 그리고 일어서면서 말했다.

"가실까요?"

"그러시죠."

서 대통령과 함께 비행기에서 내렸다.

비공식 방문이라서 그런지 으레 실시하는 의장대 사열, 이런 건 없었다.

대신 내리자마자 일본의 사사키 총리가 우리를 반겨 주었다.

"오셨습니까, 서신우 대통령님, 김시우 교황님. 기다리고 있었습니다."

"오랜만에 뵙습니다, 사사키 총리님. 그간 잘 지내셨습니까?"

사사키 총리는 먼저 서신우 대통령과 악수를 나누었다.

"저도 서신우 대통령님과 같은 이유로 밤잠을 못 이루고 있습니다."

"좋은 차라도 추천해 드리고 싶군요. 하지만 제 다크서클을 보면…… 그다지 신뢰가 없는 추천일지도 모르겠습니다, 하하."

그렇게 둘은 가볍게 인사를 나눴고, 곧이어 사사키 총리는 나에게 악수를 권했다.

"일본에 방문하신 걸 환영합니다, 김시우 교황님. 먼저 지난번 부산에서 있었던 사건에 대해 사과를 드리고 싶습니다. 일본의 범죄자들이 그곳으로 흘러가게 놔둔 점, 그리고 그들이 리멘 교단의 명예를 실추시킨 점. 진심으로 사죄드리겠습니다.”

노련한 정치꾼답게 인정할 건 빠르게 인정하고 가는 사사키 총리.

이런 상황에서 그에게 따지기도 뭐하다.

나는 사사키 총리의 손을 맞잡으면서 미소를 지었다.

“나쁜 놈들이 잘못한 거지, 총리님께서 사죄하실 필요는 없다고 생각합니다.”

“이해해 주셔서 정말 감사합니다.”

사사키 총리는 정중하게 고개를 숙이면서 재차 사과했다.

숙일 땐 숙일 줄 아는 사람.

이런 사람들이야말로 참 까다로운 부류다.

그는 이후로 몇 번이나 더 사과를 하더니, 곧 부드러운 목소리로 나에게 말했다.

“이곳에서 바로 관저로 이동할 수도 있습니다만, 실례가 안 된다면 혹시 공항 내부에 한번 들러 주실 수 있는지.”

“서신우 대통령님만 괜찮으시다면요. 그런데 왜요?”

“보여 드리고 싶은 게 있습니다.”

나는 슬쩍 서신우 대통령을 쳐다보았고, 서신우 대통령은 고개를 끄덕였다.

당장 급한 것도 없으니 한번 들러 보고 가지 뭐.

공항에 대단한 거라도 가져다가 둔 건가?

내가 고개를 끄덕이자 사사키 총리는 곧바로 우리를 이끌고 공항 내부로 들어갔다.

그리고 그제야 왜 사사키 총리가 나를 데리고 공항으로 들어왔는지 알 수 있었다.

“김시우 교황니이이이이임!”

“교황 성하!”

“사랑해요! 김시우 교황님, 사랑해요!”

마치 공항 전체를 채운 듯한 인파. 그 인파들은 저마다 피켓을 든 채로 나를 향해 소리를 지르고 있었다.

데자뷔인가?

미국에서도 이런 장면을 본 것 같은데…… 그래도 나를 기다린 사람들이니까 나름 인사는 해 줘야겠지.

나는 그들을 향해 가볍게 손을 흔들어 주면서 인사를 대신했다.

그리고 그런 나를 향해 사사키 총리가 흐뭇한 목소리로 말했다.

“일본에 방문하신 걸 다시 한번 환영합니다.”

일본에 처음 입국했을 때와는 다른, 그야말로 성대한 환영식이었다.

⁂

엄청난 인파가 몰려들었던 환영식.

보통 그 정도로 사람들이 많이 오면 나를 싫어하는 사람들이 껴 있기 마련이지만, 놀랍게도 나를 향해 욕을 하는 사람은 아무도 없었다.

분위기 자체가 그랬다.

그 자리에서 나를 욕하면 죽여 버릴 것만 같은 느낌.

그건 흡사 광기에 가까웠다.

만일의 사태에 대비하여 경호원들이 벽을 세워 뒀지만, 경호원들이 우려할 만한 일은 일어나지 않았다.

그리고 애초에 나를 향한 암살 시도란 게 가능할 리가 없다.

현재 나와 적대 관계에 있다고 볼 수 있는 욱일회조차도 이런 자리에서 감히 테러를 감행할 수 없었다.

한일 양국 정상이 나와 함께하고 있었으며, 무엇보다 이 광기를 뚫을 가능성은 제로였다.

"국민들이 김시우 교황님을 정말 오래도록 기다렸습니다. 조금만 더 일찍 말씀해 주셨다면, 더 성대한 환영 행사를……."

"……괜찮습니다."

"저희는 항상 김시우 교황님께 은혜를 갚고 싶을 따름입니다. 김시우 교황님이 아니었다면 아마 센다이시 일대는 다시는 복구할 수 없는 죽음의 땅이 되었을 겁니다."

공항에서 나오자마자 우리가 향한 곳은 총리 관저였다.

엄청난 환영 인파와 경호 속에서 총리 관저에 도착한 우리들.

그 우리에 한국 대통령과 일본 총리가 포함되어 있다는 게 뭔가 새삼스럽기도 하고, 기분이 이상하군.

서 대통령과 사사키 총리는 관저에 도착하자마자 본론에 들어갔다.

"중국 상하이 쪽의 반군 세력이 현재 가장 강합니다. 구 상하이방이었던 간부들을 중심으로 대놓고 무력시위를 하고 있습니다."

역시나 주요 화두는 중국이었다.

내전에 휩싸인 중국.

중국과 가까운 거리에 있는 대한민국과 일본으로서는 유럽, 북미의 테러보다는 중국의 내전이 중요한 의제일 수밖에 없었다.

일본으로 오기 전, 나는 미국으로부터 굉장히 흥미로운 정보를 건네받았다.

중국과 관련된 정보였는데, 방금 전 서 대통령이 말한 저 상하이의 반군과 관련되어 있기도 했다.

"상하이 쪽에 정화자의 본진이 있다는 정보를 입수했습니다. 아마도 상하이 반군의 후원자는 정화자일 겁니다. 중국으로서도 속수무책이겠죠."

중국의 이레귤러는 현재 총 셋.

원래는 넷이었다가 내 손에 한 놈이 불구가 되었으니, 남은 건 셋이다.

문제는 남은 셋조차도 제대로 규합이 안 되는 상태라는 거다.

나라가 갈기갈기 찢어질 수도 있는 상황에서 각자의 실속만 챙긴다면?

결과는 뻔하다.

중국의 분열.

엄청난 인구 숫자에서 나오는 막강한 각성자 전력으로, 지역 패권국뿐만 아니라 더 나아가 세계의 패권국을 지향하던 중국이 무너지는 거다.

아무리 중국이라고 하더라도 내부에서 터진 폭탄은 감당할 수 없다.

바로 지금처럼.

"대한민국에서는 어떻게 할 계획입니까?"

사사키 총리는 물을 한 모금 넘긴 다음, 숨을 고르면서 물었다.

서 대통령은 고개를 천천히 끄덕였다.

"무리해서라도 압록강 라인까지 북상을 해야 할 것 같습니다. 다행히 여기 계시는 김시우 교황님께서 잃어버린 땅의 가장 큰 위협 요인을 제거해 주셔서 큰 리스크가 사라진 상태입니다."

"과연 그렇군요."

"김시우 교황님이야말로 우리 대한민국의 가장 큰 복이라고 할 수 있습니다."

갑작스럽게 나에게 그루밍을 시도하는 서신우 대통령.

일본 총리가 앞에 있으니 나와의 친분을 자랑하고자 하려는 게 보였다.

내 눈에도 보이니까 사사키 총리에게도 당연히 보일 것이다.

꽤 유치하게 느껴질 수도 있겠지만, 확실히 이만한 방법이 없지. 애초에 내가 서신우 대통령에게 '나를 마음껏 이용하세요'라고 말했으니까.

그래서 그냥 딱히 제지를 안 했다.

비행기에서 이미 압록강 전선에 관해서 들었기 때문에 당황스러운 이야기도 아니었고 말이지.

"우리 일본의 도움이 필요하시다면 언제든지 말씀해 주십시오."

"물론입니다."

"일본에게 있어서 대한민국이라는 이웃 국가의 존재가 그 어느 때보다 중요해졌다고 생각합니다."

"그것 역시 우리 김시우 교황님과 리멘 교단의 긍정적인 효과가 아니겠습니까?"

"서 대통령께서는 혹시 믿음이 있으십니까?"

"은퇴하고 나서 본격적으로 리멘 교단의 신전에 다녀 볼까 생각은 하고 있습니다."

"잘되었군요. 저도 은퇴하면 함께……."

아니, 이야기가 갑자기 왜 저렇게 흘러가는 거야?

"지금쯤이면 참모들끼리 서로 목소리를 높이면서 의견을 교환하고 있겠지요?"

"그렇습니다, 서 대통령님."

"복잡한 건 그들끼리 의논하라고 하고, 우리는 이렇게 여유롭게 티타임을 가지도록 합시다. 차를 마시고 난 다음에는…… 그래요, 센다이시에 함께 가서 우리 김시우 교황님께서 일으키는 기적을 보는 게 어떻겠습니까?"

"좋지요."

"그럼 그렇게 합시다."

각 나라의 수장들끼리 만난 자리라서 막 어렵고 복잡한 이야기가 오갈 것이라 생각했다만.

이건 그냥 노인정에서 들을 법한 이야기들이잖아?

차나 마시고 마실이나 나가자, 이런 거 아닌가?

내가 어색하게 웃음을 짓자 옆에서 내 표정을 살피던 서 대통령이 한마디 던졌다.

"김시우 교황님도 레오 대주교와 라파르트 대주교에게 많은 걸 맡기고 계시죠. 안 그렇습니까?"

"그렇죠."

"저희도 마찬가지인 겁니다."

"아, 그렇군요. 이해했습니다."

수장이란 자리가 원래 그렇지 뭐.

서 대통령은 커피를 한 모금 마신 다음, 웃으면서 말을 이어 갔다.

"최악의 상황까지 가정하고 있습니다. 중국의 내전이 한반도까지 영향을 끼칠 경우도 고려하고 있습니다. 김시우 교황님, 이 자리에서 한 가지만 부탁드려도 되겠습니까?"

"편하게 말씀하세요."

"만약에 중국에서 번진 화마가 한반도에 이르렀을 때, 김시우 교황님께서 그 화마로부터 대한민국의 국민들을 보호해 주셨으면 합니다."

그 말에 나는 슬며시 입꼬리를 올렸다. 그리고 천천히 고개를 끄덕였다.

"그런 건 부탁하실 필요 없습니다."

우리가 당연히 해야 하는 일이니까.

내 단호한 대답에 서 대통령은 흐뭇하게 미소를 지었다.

"그래요, 그걸로 된 겁니다."

⁂

대한민국과 일본의 참모들이 서로 치열하게 설전을 주고

받고 있는 동안, 나는 결국 사사키 총리와 서 대통령을 데리고 센다이시 복구 현장에 도착했다.

"야마타노오로치가 남긴 상처가 아직까지 아물지 않았습니다. 그래도 김시우 교황님께서 도시를 정화해 주신 덕분에 어느 정도 수습은 되고 있습니다."

한창 복구 작업이 진행 중인 센다이시.

그래도 예전에는 폐허나 다름없는 곳이었는데, 이제 어느 정도 도시의 모습을 되찾아가고 있었다.

"야마타노오로치가 토벌된 이후, 센다이시는 일본에서 가장 안전한 장소가 되었습니다. 주변에서 게이트나 던전이 단 한 번도 발생하지 않았습니다. 복구 작업이 빠르게 진행될 수 있었던 이유 중에 하나입니다."

우리가 타고 있던 헬기는 천천히 도시를 한 바퀴 돈 다음, 곧 엄청 넓은 공터에 착륙했다.

서울 그라운드 제로보다 조금 더 넓은 크기의 공터.

이곳은 기억에 남아 있던 장소였다.

"야마타노오로치와 전투를 했던 그 장소군요."

에이든과 함께 야마타노오로치를 잡았던 바로 그곳이었다.

사실 그때 에이든이 딱히 한 것도 없긴 했지만, 그래도 에이든과 처음으로 함께한 전투라서 기억에 좀 남는 곳이었다.

"맞습니다. 원래 이곳에다가 추모비와 함께 추모 공원을 조성할 계획이었습니다."

"성지의 정원처럼요?"

"예. 도시 복구 작업이 어느 정도 끝나면 바로 공원을 조성하려고 했는데, 일이 이렇게 되었군요. 이곳에 리멘 교단의 신전이 지어진다면…… 이곳에서 희생당하신 분들께서도 기뻐하실 겁니다."

어째서인지 우리 교단의 신전은 항상 아픈 장소에 자리 잡게 된다.

그게 싫지는 않았다.

아픈 이들을 보듬고, 희생당한 영혼을 기리는 것은 우리 교단에 내려진 사명이기도 했으니까.

나는 이 쓸쓸하면서도 넓은 대지를 바라보면서 조용히 말했다.

"리멘님도 기뻐하실 겁니다."

"신전 건설에 필요한 자재들은 모두 저희 측에서 부담을……."

"아, 그건 걱정하지 마세요."

우리에게는 '기적'이 있으니까.

사사키 총리에게 손을 가볍게 흔들어 준 다음, 천천히 앞으로 걸어갔다.

그리고 미리 신전에서 챙겨 온 최상급 성수를 꺼냈다.

리멘이 알려 준 바에 따르면 성유물을 따로 배치하기 전까지는 서울 신전처럼 넓은 범위를 설정하는 건 힘들다고 한다.

기껏해야 신전과 신전으로부터 200m 반경까지.

하지만 지금은 그것만으로도 충분했다.

성유물이야 나중에 구해서 배치하면 되는 거고, 그리고 그건 결국 시간이 해결해 줄 문제니까.

일단 한번 시도해 보는 게 중요한 거다.

내가 리멘의 〈하위 신〉이 되면서 새롭게 열린 카테고리.

> 권능 〈성지 창조〉을 사용하기 위해서는 신성 점수 10만 점이 필요합니다.
> 신성 점수를 소비하여 이곳을 〈리멘 성단〉의 성지로 설정하시겠습니까?

성지 창조.

말이야 거창하지, 시스템창에 명시되어 있는 효과는 그냥 해당 지역을 성지로 만드는 것이다.

신성 점수를 무려 10만 점이나 잡아먹는 괴물.

지금까지 모아 뒀던 신성 점수가 싹 털린다. 이 점수면 축성소를 더 지을 수 있겠다만, 그래도 한번 실험은 해 봐야 하지 않겠어?

나는 손에 들고 있던 최상급 성수를 바닥에 뿌렸다.

그리고 눈을 감으면서 권능을 발동시켰다.

"이곳을 우리의 성지로 삼는다."

간단한 시동어.

내가 시동어를 내뱉은 순간, 내 몸에서 대량의 신성력이 빠져나갔다.

내 몸에 잠들어 있던 신성력이 방대했음에도 불구하고 순간적으로 눈앞이 핑 돌 정도로 많은 양이었다.

그렇게 빠져나간 신성력은 곧바로 대지로 스며들었다.

그리고 잠시 후.

파아아아아아앗-!

새하얗게 물든 대지로부터 찬란한 빛이 솟구쳐 올랐다.

그 빛들은 새하얀 실선처럼 나뉘며 허공에서 서로 얽혀 들어갔다.

"오."

시간이 지날수록 빛은 점차 형태를 갖추어 나갔다.

몇 개의 기둥을 시작으로, 빠르게 신전의 모습으로 변화했다.

그렇게 얼마나 시간이 흘렀을까?

마침내 눈앞을 가득 메우던 새하얀 광휘가 사라지고, 그 자리에는 서울 신전과 똑같이 생긴 신전이 자리 잡았다.

현 시간부로 해당 지역이 〈성지〉로 설정됩니다.
〈차원계 : 지구〉의 플레이어 최초로 성지를 창조했습니다. 업적 보상으로 신성 점수 3만 점을 획득하셨습니다.

페이백을 알려 주는 메시지들을 비롯해서 각종 메시지가 빠른 속도로 눈앞을 가득 메웠다.

나는 그 메시지를 잠시 닫아 둔 다음, 뒤를 돌아보았다.

그곳에서는 사사키 총리와 서 대통령이 입을 벌린 채로 멍하니 이 장면을 바라보는 중이었다.

"세상에……."

"정말……."

산전수전 다 겪었을 대통령들에게도 꽤 충격적인 장면이었던 걸까?

"같이 들어가시겠습니까?"

신전이 소환은 되었지만, 내부 구조도 동일한지 한번 확인할 필요는 있었다.

처음 사용해 본 권능이라서 불완전할 수도 있고, 겉만 화려하지 내부는 아닐 수도 있잖아?

내 권유에 두 국가 원수는 동시에 고개를 끄덕였다.

"그래도 됩니까?"

"감사합니다."

"그래도 이왕 오셨는데 내부는 구경해 보셔야죠."

그렇게 나는 둘과 함께 신전 내부로 걸어 들어갔다.

계단을 지나서 안으로 들어갔고, 예배가 이루어지는 본당으로 곧장 향했다.

내부 역시 서울 신전과 동일했다.

그곳에는 서울 신전처럼 리멘의 얼굴 없는 신상이 자리 잡고 있었다.

"여기까지는 다 똑같네요."

"서울의 신전과 동일한 것 같습니다. 신기하군요."

신전에 들른 적이 있던 서 대통령은 연신 감탄사를 내뱉으면서 주위를 둘러보았다.

그런데 그때였다.

"……두 분 다 제 뒤로 오십쇼."

나는 그 둘을 내 뒤에 둔 다음, 본당과 연결되어 있는 계단을 쳐다보았다.

저 계단을 타고 내려가면 지하실과 연결되어 있는데, 방금 전에 그곳에서 인기척이 느껴졌다.

방금 건설한 신전이었는데도 말이다.

그 짧은 시간 동안 벌써 이곳까지 침입한 걸까?

설마 이계의 신격?

일단 확인할 필요는 있어 보였다.

나는 사사키 총리와 서 대통령을 잠시 뒤에 둔 다음, 천천히 지하실로 걸어 내려갔다.

그리고 조심스레 지하의 문을 열었다.

"어?"

"……어?"

그곳에는.

"뭐야, 성하가 왜 여기에 있어요. 일본 가신 거 아니었나?"

"너, 언제 일본에 따라왔냐?"

"무슨 말씀이세요. 여기 서울이잖아요."

피가 묻은 철퇴를 든 루나가 서 있었다.

이게 어떻게 된…….

성지들은 서로 연결되어 있습니다. 성지를 통한 이동이 가능해집니다.

"……전진 신전이 진짜 가능한 전략이었다고?"

영역 확장

"일본 여행이 이렇게 쉬운 거였나? 성하, 이제 그냥 일본 막 다녀도 되겠는데요?"

"그러게. 일본에 큰 재앙이 내렸네."

"재앙? 어디 게이트라도 생성되었어요? 마침 온 김에 제가 직접……."

"너 말이야, 너."

"아하, 그렇구나. 난 또."

일단 이 상황을 정리하자면 다음과 같다.

1. 성지는 신전의 지하실을 통해서 이어져 있다.

2. 서울 신전의 지하실이 교차로 역할을 하며, 지하실의

우측 첫 번째 문이 센다이 성지로 향하는 계단이다.

3. 성지 간 이동은 내가 허락해 준 교단의 인원들만 가능하다.

서 대통령과 사사키 총리는 이동할 수 없던 걸로 보아서 이 통로는 일반인들에게는 적용되지 않는 듯 보였다.

성지 간의 연결.

빠른 이동.

이것은 더 나아가 우리 교단이 활동할 수 있는 범위가 압도적으로 넓어졌다는 것을 의미한다.

성유물이나 신성 점수가 수급되는 대로 세계 곳곳에 신전을 만들면, 언제든지 즉각적으로 이동할 수 있다는 것을 의미하니까.

이것을 이용하면 기동타격대를 운용한다든가, 아니면 이단심문관들의 정보 수집 범위를 엄청난 수준으로 확장할 수 있다.

그야말로 혁명인 셈이다.

비록 출입국 문제 같은 건 해결하긴 해야겠다만, 들키지 않거나 아니면 그 나라와 미리 이야기를 나누면 되는 부분이기도 하고.

하여간에 근래에 등장한 기능 중에서 압도적인 성능을 자랑한다고 볼 수 있었다.

"일종의 땅굴이로군요. 굉장합니다, 성하! 리멘님의 은혜가 도대체 어디까지 뻗어 나가려는 건지, 저로서는 기쁨을 감출 수가 없습니다!"

"이은택 형제님."

"예, 성하."

"이은택 형제님이 땅굴이라고 말하니까…… 뭔가 그럴듯하네요."

"실제로 땅굴을 몇 번 사용해 본 적이 있습니다."

"북한에서요?"

"예."

이번 실험의 대상 중 하나였던 이은택 씨가 뜨겁게 눈빛을 이글거리면서 주먹을 불끈 쥐었다.

실험에 동원된 인원은 루나와 이은택 씨 둘.

내가 그들에게 〈권능 : 허가〉라는 명령어를 사용해 주자 그들도 이 성지 간 통로를 이용할 수 있었다.

오준우 씨를 비롯한 일반 각성자, 사사키 총리와 서 대통령을 비롯한 일반인들에게는 명령어 자체를 사용할 수 없었다.

그렇게 해서 실험은 끝.

실험 결과는?

성공. 그것도 아주 대성공이었다.

"신전이 정말 전초기지의 역할을 해 줄 수도 있겠네요, 성

하. 정말 굉장해요. 진짜 중국에 전초기지…… 아니, 신전을 세우시는 것도?"

"중국이 급변하고 있으니까?"

"예. 상해 쪽에서 리멘 교단의 교세도 빠르게 퍼지고 있고, 만일에 대비해서 개입의 여지는 남겨 두는 게 좋잖아요."

루나의 전진 신전 이론이 이렇게 신뢰를 얻게 될 줄은 꿈에도 몰랐다.

예전이었다면 말도 안 되는 소리라며 거절했겠지만, 성지 통로의 효과를 두 눈으로 목격하니 저 소리도 뭔가 신빙성이 있는 것 같다.

나는 손을 들어 턱을 쓰다듬었다.

압록강 쪽으로 북상한다고 했으니, 퀘스트를 완료하면서 성유물 하나 정도는 챙길 수 있을 것 같고.

그 성유물만 있다면 신성 점수 없이도 성지를 하나 더 만들 수 있을 건데, 그렇게 하면 이쪽 일본 성지의 확장이 또 느려질 테고.

그런데 뭐, 사실 지금 이렇게 고민할 필요도 없는 문제다.

"애초에 중국이 우리에게 성지를 만들 권한을 줄 리가 없잖아?"

"그렇긴 하……."

그때였다.

가만히 우리들의 이야기를 듣고 있던 서 대통령과 사사키 총리가 서로 눈빛을 교환했다. 그러더니 곧 서 대통령이 먼저 이야기를 꺼냈다.

"중국 쪽에도 성지를 만드실 생각이시라면, 방법이 아예 없는 건 아닙니다."

국가 원수들을 데려다 두고 우리끼리 이야기를 나누고 있는 것도 이상하긴 했다만, 이런 타이밍에 의견을 제시하는 것도 정말 신선했다.

나는 서 대통령을 바라보면서 물었다.

"방법이요?"

"리멘 교단은 어디까지나 종교 집단이지요. 평화 유지를 위하여 사제들을 파견하겠다, 이런 명분이라면 충분히 가능할 것 같습니다. 중국 내전과 관련되어 현재 평화 유지군 이야기도 나오고 있으니까요."

"정치적인 문제는……."

"항상 말씀드렸잖습니까? 정치는 정치인들에게 맡기라고. 리멘 교단이 직접 평화 유지군으로 들어가겠다면…… 시간은 좀 걸리겠지만, 명분은 확실하니 우리가 손을 쓸 수 있을 것 같습니다. 안 그렇습니까, 사사키 총리님?"

서 대통령의 은근한 목소리에 사사키 총리도 고개를 끄덕였다.

"리멘 교단이 중국의 내전을 중재해 준다면, 더할 나위 없이 좋을 것 같습니다."

나는 그 둘의 이야기를 들으며 잠시 고민했다.

그리고 얼마 안 가서 그들이 어떤 생각을 하고 있는지 깨달을 수 있었다.

"두 분 다 우리 리멘 교단이 정화자를 견제해 주길 원하시는 거죠?"

그러자 서 대통령이 어깨를 으쓱였다.

"이거, 너무 속내를 훤히 드러낸 것 같습니다. 불쾌하셨다면 사과드리겠습니다."

중국에 거점을 마련하게 된다면 필연적으로 정화자와의 본격적인 충돌이 시작될 것이다.

그 거점을 중심으로 우리의 영역을 확장시켜 나갈 테니까.

나 역시 그런 것 때문에 중국 진출에 대한 생각을 진지하게 고려하기 시작했던 거고.

서 대통령은 눈치 빠른 장사꾼답게 빠르게 내 고민을 포착하고, 의견을 제시했을 터였다.

둘 다 계산 하나는 빠르다니까. 역시 나라를 경영하려면 계산이 빨라야 하나.

"불쾌할 리가 있겠습니까? 도와주신다면 우리야 감사하죠."

"위치는 어디를 생각하고 계십니까?"

"현실적으로 상해는 불가능하죠. 정화자의 본거지로 의심

되는 곳이기도 하고, 지금은 반군에 넘어갔다면서요?"

"그렇습니다."

"생각을 좀 해 보겠습니다. 어차피 지금 당장 새로운 성지를 만들 수도 없어서."

내 말에 서 대통령은 천천히 고개를 끄덕였다.

"일단 우리가 중국 정부 측과 이야기를 한번 나눠 보겠습니다."

"대신 해 주신다니 감사합니다."

"별말씀을."

복잡한 문제를 다른 사람이 같이 고민해 주겠다는데 나야 고맙지.

중국 진출이라.

우리 교단에 새로운 목표가 생겼다. 정화자와의 일전을 위해서라면 반드시 밟아야 하는 과정이기도 하다.

나는 한숨을 내쉬었다.

성지 간의 이동이 가능하다는 게 확인된 이상, 우리 교단의 전략도 재수립할 필요가 있었다.

그건 이제 루나랑 레오를 갈아 넣으면 되겠지?

다행이다.

"성하? 왜 저를 보고 웃으세요. 드디어 저에게 마음을 열어 주시나?"

저렇게 뻔뻔한 표정으로 개소리를 내뱉는 루나를 굴릴 명분이 생겼잖아?

이보다 더 중요한 게 어디 있겠어.

나는 루나의 등을 두드려 주면서 미소를 지었다.

"루나야."

"첫 데이트는 평범하게 영화관 어떠세요?"

"돌아가서 전략이나 짜. 성지 간의 이동이 가능하다는 걸 중점으로 두고. 아, 그리고 네가 그토록 원하던 전진 신전 전략 있지? 그것도 제대로 서류화해서 보고하고."

"제가 왜요?"

"왜긴, 네 아이디어에서 출발한 거잖아?"

"그게 그렇게 되나?"

"어."

이 망나니를 신전에 묶어 둘 수만 있다면, 그것만으로 값어치가 있는 일이지.

암.

❧

성지를 통한 이동이 가능하다는 게 확인된 이후, 가장 기뻐했던 건 어쩌면 사사키 총리였을지도 모르겠다.

일본에 국가위기급 마수를 비롯한 재앙이 발생했을 때, 성지를 통해서 우리 교단의 병력을 지원받을 수 있게 되었으니까.

그래서일까?

사사키 총리는 리멘 교단에 속한 인원들에게 여러 가지 혜택을 부여했다.

무비자 입국부터 시작해서 체류 기간 무제한 등을 비롯한 셀 수 없이 많은 혜택들.

리멘 교단에 소속된 각성자들은 언제든지 일본의 게이트나 던전 등을 입찰할 수 있는 권리까지 부여했다.

타국의 각성자들에게는 자국의 게이트나 던전의 입찰권을 주지 않는다는 것을 고려해 봤을 때, 정말 파격적인 대우라고 할 수 있었다.

그만큼 좋으시다는 거지.

사사키 총리가 신전에서 떠나면서 내뱉었던 말이 아직도 기억에 남는다.

–약소하지만 저희가 김시우 교황님께 드린 섬에다가 작은 별장을 짓고 있습니다. 별장이 완공되면 그때쯤 놀러 오시면 될 것 같습니다.

나를 잘 챙겨 주는 사람을 싫어할 이유는 없다.

그나저나 별장이라?

나중에 시연이를 데리고 가면 정말 좋아할 것 같다.

아, 맞다.

어제부터 시연이의 선지자 교육이 본격적으로 시작되었다고 들었는데, 잘 진행되고 있으려나?

본인의 선택에 맡기긴 했지만…… 뭔가 기분이 좀 이상하다.

시연이는 언제나 내 품속에만 있을 줄 알았는데 말이야.

"낮잠 자고 있었는데 귀찮게…… 나 왜 불렀어? 별일 아니면 확 그냥."

"확 그냥 어떻게 할 건데?"

꾹꾹.

"이렇게 꾹꾹이 해 주려고 그랬지, 헤헤. 주인."

센다이 신전 앞의 넓은 공터를 앞에 두고, 성지 통로를 통해 일본으로 넘어온 백설이가 내 발을 꾹꾹 눌러 주고 있었다.

"발톱 숨겨라."

"들켰네. 어차피 안 아프잖아?"

"그래? 그럼 나도 간만에 안마 좀 해 줄까? 근육이 좀 뭉쳐 있는 것 같은데, 내가 한 번에 꺾어 줄게."

"뭘 꺾어?"

"목 근육이 뭉친 것 같아서."

"나 그러면 죽어."

"그래서?"

"……미안."

백설이가 요새 머리가 커져서 그런가, 대드는 빈도가 아주 늘어났다. 시연이가 너무 오냐오냐 길렀다니까?

나는 백설이의 목을 부드럽게 쓰다듬어 준 다음, 다시 시선을 폐허로 돌렸다.

백설이를 이곳으로 호출한 이유는 별거 없었다.

"여기에다가도 신목을 심을 수 있을까?"

아직 복구가 완료되지 않은 이 황폐한 땅.

서울 신전처럼 신목이 하나 있으면 훨씬 괜찮을 것 같았기 때문이다.

풀도 다시 자라날 테고, 아름다운 정원도 조성할 수 있고.

신목이 우리 성지에 끼치는 영향은 보기보다 훨씬 거대했다.

성지 전체에 원활하게 신성력을 돌려주는 기능도 있었고 말이지.

그래서 백설이를 이곳으로 데려온 거다. 신목에서 탄생한 신수니까, 당연히 백설이가 전문가 아니겠어?

"일단 신목의 나뭇가지를 이곳에다가 심으면 괜찮긴 할 거야. 서울에 있는 신목만큼 성장하진 않겠지만, 그래도 어느 정도까진 자라날 것 같네."

백설이는 신이 난 듯 꼬리를 살랑거렸다.

"새로운 신수도 태어나냐?"

"그렇진 않지. 신수는 내가 유일해. 리멘님이 새로운 신목을 내려 주지 않는 이상, 새로운 신수도 없어."

"그런데 왜 그렇게 신났어?"

"나뭇가지를 꺾어서 여기에다가 새로운 신목을 만들면 내 힘도 그만큼 늘어날 거거든. 당연히 기분 좋지! 언젠가는 주인보다도 강해져서 확 그냥……."

틈틈이 쿠데타를 꿈꾸는 우리의 먼치킨 고양이.

나를 압도할 생각에 벌써부터 기분이 좋았구나?

하지만 어림도 없다.

"그래 봤자 넌 고양이야."

이 상하 관계는 영원히 이어질 예정이다.

백설이도 나름 우리 교단 전투원 중 하나니까 강해지면 좋기도 하고.

"그럼 바로 한번 해 볼까?"

나는 루나를 통해 전달받은 신목의 나뭇가지를 품속에서 꺼냈다.

그것을 본 백설이가 눈을 둥그렇게 떴다.

"뭐야, 언제 꺾어 왔어?"

"방금. 꺾은 지 10분밖에 안 된 따끈따끈한 나뭇가지야. 이걸 보고 산지 직송이라고 불러."

마침 신목을 심기에 딱 적당한 땅이 있었다.

신전에서 한 100m 앞쯤.

양지바른 곳을 아까부터 알아봐 뒀다. 비록 성유물이 없어서 성지의 범위가 넓진 않지만, 이곳까지는 신전의 신성력이 충분히 닿는 범위다.

혹시 몰라서 최상급 성수도 보충해 왔다.

예전에 나뭇가지를 심었던 것처럼 흙 위에 나뭇가지를 심었고.

쪼르르르륵.

그 위에 내가 직접 성수를 뿌려 주었다.

그러자 잠시 후.

새로운 신목이 이곳에 자리를 잡습니다.

메시지 창이 떠오르면서 나뭇가지가 빠르게 묘목으로 변화했다.

그 모습을 나와 함께 지켜보고 있던 백설이가 한마디 던진다.

"꼭 외계인이 테라포밍하는 SF 영화 같네."

"……그러네."

"우리 언젠가는 온 지구를 우리의 성지로 만들어 버리자."

백설아.

너 장르 착각하고 있는 거 아니냐?

⚜

신전 앞에 신목까지 심어 두니까 제법 그럴듯한 모양새가 나왔다.

서울 신전만큼의 분위기는 아직까지 기대하긴 힘들겠지만, 그래도 황야의 개척자가 된 기분.

아직 복구가 끝나지 않은 도시 한가운데 자리 잡은 신전이라…….

그래도 운치가 좀 있는 것 같다.

센다이시에 신전이 세워졌다는 걸 그새 또 어디에서 들었는지 일본 기자들이 1시간 뒤에 몰려들었다.

"김시우 교황님! 센다이시에 신전을 세우신 이유를 여쭈어봐도 되겠습니까?"

"차기 후보지는 부산이었다는 소문이 있습니다!"

"일본 국민들에게 어떤 메시지를 전달하고 싶으셨던 겁니까?"

"리멘님의 자비가 일본 열도에도 내리기를!"

"김시우 교황님, 사랑합니다!"

마지막에 들린 두 질문은 기자라기보다는 내 열성 팬 같은데?

그래도 사람들이 예의가 좀 있다.

예전에는 마이크를 내 입에다 들이미는 기자들도 있었는

데, 확실히 요새는 그런 기자들이 없다.

대한민국도 마찬가지고.

아마도 그건 내가 예전에 기자가 들이민 마이크를 그대로 먼지로 만든 것 때문이 아닐까?

참고로 그때 나에게 무례하게 굴었던 기자는 바지가 축축해진 상태로 도망갔다.

기자들에게도 기자들만의 네트워크가 있는 건가? 소문이라도 난 모양이다.

나는 안전 거리를 확보한 채로 나에게 질문을 던지는 기자들을 향해 부드럽게 미소를 지었다.

"센다이시에 신전을 지은 이유는 이곳이 저희 리멘 교단에 있어서도 특별한 의미를 지니고 있기 때문입니다."

내가 이야기를 시작하자 기자들이 빠르게 입을 다물었다.

"제가 처음 일본에 방문하고, 야마타노오로치를 토벌했던 장소죠. 동시에 일본 국민들에게는 아픈 상처로 남은 장소이기도 하구요."

이건 어디까지나 리멘 교단의 본질에 관한 이야기다.

에덴에서도 그랬으며, 지구에서도 그렇게 해야 할 우리 교단의 본질.

리멘이 언젠가 나에게 해 주었던 말을 떠올린다.

—그들의 위로가 되어 주기를.

전쟁에 시달렸던 에덴의 생명들에게 안식과 평화를 선사해 주었으면 좋겠다고.

리멘은 그것이야말로 그들을 위로하는 길이라고 그랬다.

그것은 지구로 돌아와서도 달라지지 않는다.

우리가 적어도 리멘의 이름으로 종교를 퍼뜨리고 있다면, 그 본질만큼은 잊어서는 안 된다.

“리멘 교단은 언제나 상처를 돌보겠습니다. 여러분들의 땅에 남겨진 상처를 치유하고, 이곳에 잠든 아픈 기억들을 조심스럽게 간직할 수 있도록 하겠습니다.”

누군가를 기억하는 것.

그것만큼이나 중요한 것이 또 어디에 있을까?

“서울 신전과 마찬가지로, 이곳에도 추모비를 세울 예정입니다. 센다이시의 복구공사가 끝나고, 여러분들께서 이곳으로 돌아오실 때, 리멘님의 신전이 여러분들을 따뜻하게 반겨 줄 겁니다.”

간만에 기자들 앞에서 서는 자리라서 그런가? 기자들을 상대로, 그리고 그 너머의 더 많은 사람을 상대로 이렇게 이야기를 하는 게 좀 쑥스럽다.

하지만 힘들거나 어색하지는 않았다.

내 머릿속에 들어 있던 이야기들을 그저 저들에게 전달하면 될 뿐이니까.

“이곳에 잠든 슬픈 기억들 위에 조심스럽게 좋은 기억들을 쌓아 나가 주셨으면 합니다."

나에게는 별거 아닌 일이 누군가에게는 큰 위로가 될 수 있다는 것을 알고 있다.

나는 나를 촬영하고 있는 카메라를 바라보면서 다시 한번 옷매무새를 가다듬었다. 그리고 정중하게 고개를 숙인 다음, 나지막한 목소리로 말했다.

"이곳에서 잠든 이들을 기억해 주십시오. 부디 리멘께서 여러분들을 평안으로 인도해 주시기를."

야마타노오로치 토벌전이 끝나고, 일본의 기자들 앞에서 했던 말.

그 말을 다시 한번 꺼냈다.

그렇게 고개를 숙인 후, 다시 고개를 들어서 일본 기자들을 쳐다보았다.

카메라를 들고 있는 사람들을 제외한 나머지 기자들은 모두 눈을 감은 채로 각자 기도를 하고 있었다.

종교가 있는 사람도, 종교가 없는 사람도.

그들은 모두 조용히 이 땅에서 죽어 간 이들을 애도하는 중이었다.

이 황량한 대지 위에도 언젠가 웃음이 찾아오는 날이 오겠지.

내가 할 일은 그날까지 이곳을 가꾸고 지키는 것. 그리고 더 많은 곳에 리멘의 이름을 퍼뜨리는 것.

일본은 그저 시작일 뿐이다.

백설이의 말대로 온 지구를 성지로 만드는 건 불가능하겠지만, 그래도 신전을 최대한 많이 지어 볼 생각이다.

이 세상에는 아픈 사람들이 너무나도 많거든.

이런 내 생각이 전달된 걸까? 내 옆에서 용케 가만히 있던 백설이가 내 다리에 머리를 비비적거리면서 말했다.

"오늘은 좀 교황 같네. 잘했어."

"언제는 교황 안 같았냐?"

"칭찬해 줘도 뭐라고 그래. 리멘님이 주인을 사랑하는 이유를 대충 알 것 같기도 해. 이래야 내 주인이지."

백설이에게서 이런 칭찬을 듣는 건 또 처음이라 기분이 이상하네.

그래도 내가 나름 교황인데…….

그렇게 내가 백설이의 머리를 쓰다듬으면서 미소를 짓고 있을 때, 기자들의 무리에서 갑작스럽게 큰 소리가 튀어나왔다.

"감사합니다! 정말, 정말 감사합니다!"

그 기자의 감사를 시작으로.

"열심히 노력하겠습니다!"

"기억하겠습니다!"

너도나도 감사를 표하면서 나를 향해 뜨거운 눈빛을 쏘아 보내기 시작했다.

나는 그 모습을 바라보면서 어색하게 미소를 지었다. 그리고 그들에게 안 들릴 만큼 작은 목소리로 중얼거렸다.

"……오글거리네."

뭔가 뻘쭘하기도 하고.

그래도 뭐.

"가끔은 괜찮을 것 같기도……."

나쁘진 않네.

갑작스러운 기자회견의 효과는 굉장했다.

〈리멘 교단의 두 번째 신전, 놀랍게도 일본 센다이시로 결정〉

〈리멘 교단의 김시우 교황 '리멘 교단은 언제나 상처를 돌보겠다.'〉

〈리멘 교단의 본격적인 해외 진출 시작?〉

〈미국의 이레귤러 에이든 하워드, '시우가 미국에도 신전 하나 건설해줬으면 좋겠다. 리멘님께 기도를 드리고 싶은 나날들이다.'〉

일본 언론뿐만 아니라 대한민국 언론에서도 대대적인 보도가 이어졌다.

우리 교단의 행보가 그만큼이나 주목받고 있다는 의미이기도 했다.

언론만 난리가 난 것은 아니었다.

[제목: 안녕하세요. 일본에서 왔습니다.]

내용: 위대하신 김시우 교황님을 일본에 보내 주셔서 감사합니다. 앞으로 영원한 형님 국가로 모시겠습니다. 대한민국과 일본의 사이가 더욱 좋아졌으면 좋겠습니다. 리멘 교단 만세!

ㄴ얘 뭐임???

ㄴ왜 신 갤에 와서 이런 글 싸지름?

ㄴ왜냐고? 김시우야말로 진정한 '신'이니까.

ㄴㅋㅋㅋ지금 일본 난리 났다던데

ㄴ일본 커뮤니티들 봄? 지금 거기조차도 이미 리멘 교단에게 테라포밍당한 지 오래임

ㄴ일본에서 지금 리멘이나 김시우 욕하면 길거리에서 죽창맞음ㄷㄷ

대한민국과 일본의 커뮤니티 역시 아주 뜨겁게 달아올랐다.

어찌나 뜨겁게 달아올랐는지, 일본 네티즌들이 대한민국 커뮤니티까지 넘어와서 번역기를 돌려 가면서 글을 적고 있을 정도였다.

그야말로 광기.

이러다가 리멘이 광기의 신이 되어 버리는 게 아닐까 걱정

될 정도로 뜨거운 상황이었다.

〈리멘 교단〉의 영향력이 일본 전역으로 확대됩니다!
〈대한민국〉에 이어 〈일본〉의 주류 종교가 될 가능성이 높습니다.
성공적인 교세 확장으로 신성 점수 3만 점이 지급됩니다.

빠르게 떠오르는 메시지만 보더라도 일본에서의 열풍이 얼마나 뜨거운지를 알 수 있었다.

전문가들이 말하기로는 유례없는 한일 화합이라고 한다.

이게 정말 신앙으로 대동단결인가?

"성하, 이것 좀 보세요."

"뭔데."

"아예 대한민국과 일본을 합쳐서 신성 리멘 제국을 세우자는데요? 나쁘지 않은 아이디어 같은데. 어떻게, 생각 없으신가요?"

"그걸 말이 되는 소리라고 하냐?"

"말이 안 될 건 또 뭐야. 지금 분위기를 보면 될 것 같은데요."

이쯤 되면 거의 습관이다.

습관적 개소리.

나는 책상 앞에 앉아서 스마트폰으로 웹 서핑을 하고 있는 루나를 바라보면서 한숨을 내쉬었다.

이곳은 지금 서울 신전의 내 집무실.

당연히 지하 통로를 이용해서 이동했다.

확실히 비행기를 타고 와야 할 거리를 순식간에 이동해 버리니 편했다.

"나중에는 신전 지하를 터미널처럼 사용해도 되겠어요."

"그렇게 말하니까 좀 무섭네."

전 세계 각지에 신전을 지어 두고, 서울 신전을 중심으로 각국에 이단심문관을 파견하는 모습을 잠시 떠올렸다.

……상상만으로도 섬뜩하군.

어딜 가나 리멘 교단의 눈이 있는 거 아니야?

교황인 내 입장에선 더할 나위 없이 좋지만, 제3자의 입장에서 본다면 그것만큼 무서운 일이 없다.

"그래도 병력 동원 계획을 재수립하는 데 있어서는 큰 도움이 된 것 같아요."

"왜?"

"2기 교육생들 중 일본인 교육생들은 언젠가 일본으로 돌아갈 텐데, 센다이 신전을 통한다면 빠르게 소집하는 것도 가능하잖아요? 동원 병력이 늘어난 셈이죠."

오늘도 훈련소에서 열심히 땀을 흘리는 우리의 2기 교육생들.

지난번에 보고서를 보니 1기 교육생들보다 성과가 훨씬 좋았다.

선배가 있고 없고의 차이가 이렇게나 크다.

우리 교단에 신입으로 들어온 친구들에게 주어지는 경험치 보너스가 어마어마하기도 했지만, 경험은 시스템으로서도 극복할 수 없는 요소.

게다가 1기 교육생들을 가르치는 과정에서 교육 커리큘럼도 개선했기 때문에 교육 성과가 당연히 좋을 수밖에 없었다.

"2기 교육생들 수준은 어디까지 올라왔을까?"

"슬슬 실전 경험을 시켜 줄 때가 되었어요."

"비공식 한일 정상회담이 끝나면 북진이 재개될 거야. 무리해서라도 압록강까지는 뚫겠다고 하니, 우리한테도 꽤 많은 구역이 배정되겠지. 그때 실전 경험을 쌓는 게 어떠냐?"

"좋아요. 준비시킬게요. 아, 그리고 드래곤 본을 이용한 장비들의 생산도 시작되었거든요? 1기 교육생들부터 입히면 될까요?"

"그렇게 처리해."

그래도 이제 교단이 그럴듯하게 돌아간다.

장비도 알아서 잘 생산되고 있고, 병력도 계속해서 늘어가고.

인재를 잘 영입해 두니까 만족스러운 결과가 나오고 있었다.

"성지끼리 연결될 줄 누가 알았겠어요? 맞다, 라파엘 아저씨랑은 이야기 나누셨어요?"

"어."

성지 간 이동이 가능하다는 걸 알게 된 라파엘이 달려와서 연구할 수 있도록 해 달라고 하더라.

공간 이동과 관련된 연구가 곧 차원 이동의 실마리가 될 거라나 뭐라나?

최근에 라파엘의 도움을 많이 받기도 했어서 그 요청을 받아들였다.

토비가 드래곤 본과 드래곤 스케일을 이용해서 장비를 생산할 수 있던 것 역시 라파엘의 공학 기술이 큰 도움을 줬으니까, 그 정도는 협력해 줘야지.

연구한다고 해서 닳는 것도 아니고.

"그래도 바쁘니까 좋으시죠?"

"늘 말하지만 난 쉬고 싶어."

"성하가 항상 하시던 말씀이 떠오르네요."

"뭐?"

"쉬는 건 죽어서 하면 된다고."

"……내가 그랬었냐?"

"에덴에서 매일."

내 업보로구나.

이래서 사람이 입을 조심해야 한다. 인생이란 원래 내뱉은 대로 돌아오는 법이다.

나는 한숨을 내쉬면서 책상 위의 서류들에 내 서명을 집어

넣었다.

그렇게 지루한 서류 작업이 이어지고 있을 때쯤.

똑똑똑.

누군가 기운차게 집무실의 문을 두드렸다.

"들어오세요."

잠시 후, 라파엘이 모습을 드러냈다.

집무실로 들어온 라파엘의 모습은 꽤 특이했는데, 그의 오른팔인 '데이비드'가 푸른색으로 반짝거리고 있었다.

나는 반짝이는 '데이비드'의 모습에 들고 있던 서류를 내려놓았다.

직감이 온다, 직감이.

"이번엔 또 어디죠?"

내 질문에 라파엘이 방긋 웃으면서 대답했다.

"제주도입니다. 이번엔…… 귀환자 반응이군요? 귀환자가 나타날 것 같습니다. 미리 알려 드리려고 이렇게 달려왔습니다."

……그냥 될 대로 되라지.

에휴.

❧

아무래도 이번 주는 나랑 섬과 연이 많은 것 같다.

어제는 일본.

오늘은 제주도.

이 두 곳의 공통점이라고 한다면 둘 다 섬이라는 것.

라파엘로부터 각성자 반응을 보고받은 다음 날 아침.

나는 제주도의 해변을 바라보면서 아까 전에 사 온 토스트를 우물거렸다.

치즈랑 햄이 듬뿍 들어가서 그런지 아주 맛있었다.

거기에 저 보랏빛 해안가를 풍경 삼아서 먹으니까 분위기도 좋고.

"스승님, 여기요."

"어, 그래 고맙다."

제주도까지 나를 따라온 그레이스가 나에게 아이스아메리카노를 건네주었다.

센스가 참 있는 제자야.

요새 교육은 루나에게 일임하고 있지만, 그래도 가끔씩 훈련을 도와주고 있다.

신성력을 전투에 이용하는 플레이어로서 반드시 배워야 하는 핵심 과목인 '안 아프게 맞는 법'. 그것을 내가 전문적으로 가르쳐 주고 있다.

"총도 약하게 맞으면 안 아파."

"믿습니다, 스승님."

"미사일도 마찬가지고. 마룡의 브레스나 고위급 마법도

마찬가지고."

"그럼요, 그럼요."

"그러니까 너도 계속 정진을 해야 한단다. 피하고 때리는 것보단 맞으면서 때리는 게 유효타를 먹이기 더 쉬운 거야. 알겠지?"

"알겠습니다."

그래도 그레이스의 재능이 남다르다.

지난번에는 나에게 오더니 이런 걸 묻더라.

—스승님, 루나 사저가 그러던데, 스승님 예전에 오른팔 잘린 적 있으시다면서요? 오른팔 잘리자마자 곧바로 다시 주워서 붙이셨다던데, 그게 사실인가요?

사실상 최종 보스라고 할 수 있었던 분노의 마왕을 상대했을 때의 이야기였다.

그때 내가 일부러 오른팔을 내주고 녀석의 심장을 뽑아 버렸던 게 기억이 난다.

에덴에서는 인과율이 나를 제한하지도 않았고, 내 신성력도 거의 정점에 도달했었기 때문에 잘린 팔을 주워다 붙이는 건 일도 아니었다.

아프기는 했다만, 사실 그것도 적응이 되면 괜찮다.

어쩌면 지금보다 그때의 내가 훨씬 강했을지도 모른다. 그

당시의 나에게는 오로지 독기뿐이었으니까.

그 모습을 우리 가족들에게는 보여 주기 싫었다.

그래서 지구에서는 최대한 부드럽게 지내려고 노력하는 중이다.

“그런데 스승님.”

“어.”

“루나 사저가 또 그러던데, 성하가 왕년에는…… 눈빛만으로 적들을 제압했다는 소문이 있던데요. 그게 사실인가요?”

“눈빛은 아닌데…… 대충 비슷하지.”

그러자 그레이스가 눈을 반짝였다.

“저도 언젠가는 그런 경지에 올라설 수 있을까요?”

“그럼. 몬스터 딱 1백만 마리만 잡자. 그러면 될 것 같다.”

보통 이렇게 말하면 포기하기 마련인데.

“이 제자, 더 열심히 정진하겠습니다!”

그레이스는 오히려 주먹을 불끈 쥐면서 기합을 넣는다.

하여간에 내 주변에 있는 사람 아니랄까 봐, 정상이 아니군.

그렇게 내가 그레이스와 사제지간으로서 대화를 나누고 있을 때였다.

“김시우 교황님, 준비가 끝났습니다.”

정부와 함께하는 작전이 있을 때, 대부분의 경우에 나와 함께하는 소울메이트.

김 실장이 나에게 다가왔다.

"이레귤러급이라고 말씀하시니, 일단 저희 병력은 후방에서 대기하도록 하겠습니다."

"지난번과 같은 일이 일어나면 안 되잖아요. 목숨이 얼마나 소중한 건데."

"저희가 민폐를 끼치는 것 같아서 죄송합니다."

"아니에요. 겸사겸사 제 제자 견학도 시켜 주고, 제주도 여행도 하고. 좋죠."

라파엘의 감지 능력은 대한민국의 감지 능력을 가뿐하게 상회한다.

이번에 넘어오는 각성자가 마력이 아닌 다른 무언가를 지닌 이레귤러라고 파악했다.

이레귤러라.

전 세계적으로 희귀한 이레귤러가 이 좁은 나라에 둘이라는 게 말도 안 되긴 하지만, 내가 대한민국에 있는 이상 그 어떤 일이 벌어져도 이상하지 않다.

따라서 이번 귀환자 맞이는 내가 직접 하기로 결정했다.

적대적인 귀환자라면 바로 전투가 벌어질 수도 있으니까, 불필요한 인명 피해는 줄일 필요가 있지 않겠어?

"문제가 발생하면 언제든지 병력을 투입하겠습니다."

"아니죠."

"예?"

"저에게 문제가 생길 정도로 센 놈이라면, 병력을 투입할 게 아니라 다른 사람들 대피부터 시키셔야죠. 라파엘도 부르고, 그걸로도 부족하면 미국 쪽에도 인력 끌어오고. 어떻게든 막아야 합니다."

나는 손에 들고 있던 토스트를 남김없이 해치운 다음, 손을 털었다.

"물론 그런 일은 없겠지만요."

우우우우우웅—.

내가 토스트를 다 먹는 걸 기다려 주기라도 했다는 듯, 토스트를 해치우자마자 곧바로 게이트가 거칠게 공명하기 시작했다.

예의는 있는 게이트다.

밥 먹을 땐 개도 안 건드린다 했는데, 도리를 아는 녀석인 것 같다.

사르르륵.

가볍게 어깨를 두드려서 평상복에서 사제복으로 갈아입었다.

너클이나 건틀릿은 일부러 끼지 않았다. 그런 걸 끼고 있으면 귀환자가 당황하지 않겠어?

"게이트 활성화됩니다."

"전 병력 전투준비!"

지휘관들의 목소리와 함께 미리 대기하고 있던 헌터들이

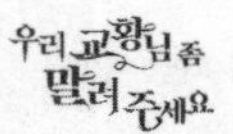

저마다의 무기를 꺼내면서 방어진을 형성했다.

귀환자들의 게이트는 늘 그렇듯이 귀환자만 나오는 게 아니다.

언제나 몬스터를 동반한다.

곧이어 게이트가 활성화되었고, 게이트에서 곧 몬스터들이 쏟아져 내리기 시작했다.

"저건 처음 보는데."

인간과 비슷한 형상에 아가미가 달려 있는 기괴한 몬스터.

하지만 나만 몰랐던 건지, 옆에 있던 그레이스가 대신 대답했다.

"나가네요. 해변가에 생성된 게이트답게 해양 몬스터가 나오나 봐요."

떼거리로 몰려들기 시작한 나가들.

하지만 녀석들의 돌진은 뭔가 느낌이 달랐다.

이쪽을 학살하기 위해서 달려오는 게 아니라.

"쫓기고 있네."

"그런 것 같아요."

살기 위해서 도망치는 듯한 모습.

녀석들에게서 살기 따위는 느껴지지 않았다.

녀석들은 지느러미 같은 하반신을 이끌고 필사적으로 도망치고 있었다.

나는 그 모습을 지켜보면서 천천히 앞으로 걸어갔다.

그리고 마침내.

“온다.”

게이트 안쪽에서 보라색 빛깔의 무언가가 뱀처럼 뻗어 나왔다.

그 보라색의 뱀은 도망치고 있는 나가들을 단번에 옭아매었다.

콰드드드득-.

그러더니 곧 나가들의 목을 꺾어 버린 다음, 나가들을 바닥으로 끌어 내렸다.

라파엘의 예측대로 이레귤러.

그 보라색 기운은 마력이 아니었다.

굳이 따지자면, 지난번에 상대했던 왕 웨이의 내공과도 비슷한 성향의 기운.

“마기랑도 비슷한 것 같기도 하고.”

불길한 느낌을 잔뜩 풍기는 기운이라는 건 확실했다.

그래서 나는 그냥 너클을 끼기로 마음먹었다.

보통 이런 기운의 소지자들 중에는 정상이 없거든.

내가 너클을 끼면서 전투를 준비하고 있을 때쯤, 게이트에서 누군가가 모습을 드러냈다.

무협 영화 속에서나 볼 법한 검은색 도포, 도포와 명확하게 대비되는 흰 피부.

그 녀석의 외모를 보고 나서 처음으로 떠올린 생각은 바로 이것이었다.

"재수 없게도 생겼네."

남자가 남자에게 할 수 있는 최고의 칭찬.

그만큼 잘생겼다.

내가 녀석을 바라보는 것처럼, 녀석도 나를 바라보고 있었다.

녀석은 허공에 뜬 채로 나를 향해 다가왔다.

그리고 나를 내려다보면서 첫인사를 건넸다.

"본좌를 마중이라도 나온 것이냐? 마음에 드는구나. 특별히 내 너를 내 수하로 거두어 주마. 네 이름이 무엇…… 아니지. 내 이름부터 먼저 소개해야겠구나."

그놈은 여유로운 자세로 내 앞에 사뿐히 내려앉는다.

그러더니 자신의 도포를 가볍게 휘날리면서 자신의 이름을 말했다.

"내 이름은 천자현. 천마신교의 제32대 교주이며, 제3대 천마다."

단언컨대 정말 최악의 첫인사였다.

나는 스스로를 천마로 부르는 이 미친놈을 바라보면서 작게 한숨을 내쉬었다.

……그래, 귀환자 놈들이 제정신일 리가 없지.

⚜

일단 이놈이 미친놈이라는 건 알겠다.

하지만 미친놈은 크게 두 가지로 나뉜다.

가짜와 진짜로.

이 녀석은 진짜로 미친놈인 걸까, 아니면 미친 척을 하는 놈일까?

그것은 지금부터 알아봐야 할 것 같았다.

나는 스스로를 천마라고 밝힌 천자현을 향해서 슬쩍 물었다.

"나이는?"

"본좌의 나이를 묻는 것이냐? 중원으로 넘어가기 전의 나이로 따진다면 열아홉이었지. 하지만 그곳에서 스무 번의 겨울을 보냈으니, 서른아홉이라고도 할 수 있을 것이다."

"귀환자들끼리는 그냥 지구 나이로 하기로 했어."

"귀환자들이 더 많이 있는 듯하구나. 본좌에게 좋은 정보를 알려 주어 고맙다. 내 상으로 너에게 영약을 내리도록 하마."

이 녀석이 말하기로는 본인은 중원에서 왔다고 했다.

본인이 중원에서 건너왔다고 말하는 귀환자가 이 녀석이 첫 번째는 아니었을 거다.

그래서 김 실장한테 물어봤는데, 답변이 이렇게 왔다.

—그렇다면 천자현 귀환자는 K22번 중원에서 돌아왔다, 이렇게 명시하도록 하겠습니다. 19세 실종, 천자현. 부모님과 동생 한 명이 있는 것으로 확인됩니다. 다행스럽게도 그 세 명 모두 현재 서울에서 거주 중입니다.

22번 앞에 붙은 K는 국가 번호라고 한다. 한국의 영어명인 Korea에서 따온 K.

즉, 한국에 보고된 22번째 중원 되시겠다.

신기한 건 중원에서 돌아왔다는 귀환자들 중에서 세계관을 공유하는 귀환자가 단 하나도 없다더라.

평행 세계, 뭐 그런 걸까?

나는 한숨을 푹 내쉰 다음, 우리의 '천마'를 향해서 말했다.

"아버지 성함이 천정호 씨, 맞지?"

그러자 방금 전까지만 해도 거만한 표정을 짓고 있던 천자현의 표정이 변화했다.

녀석은 당장에라도 나를 잡아먹을 듯한 기세로 물었다.

"내 가족들. 내 가족들의 행방에 대해서 아느냐?"

"서울에 잘 계신다고 한다."

"가족들을 보고 싶다. 아버지, 어머니 그리고 내 여동생…… 20년이나 지났으면……"

"5년. 네가 저쪽 세계로 넘어간 후로 5년밖에 안 지났다.

대충 알고 있어라."

내 말에 천자현의 표정이 금새 밝아졌다.

"고작 5년밖에 안 지났다고? 그것참 잘된 일이구나! 그런데 말이다, 한 가지 더 물어도 되겠느냐."

"해 봐."

"저 괴상망측하게 생긴 괴물들은 도대체 무엇이더냐. 인간들에게 살기를 내뿜기에 일단 죽였다만은, 지구에 이런 괴이한 것들이 있을 리가 없잖느냐."

이능관리부 측에서 제공한 귀환자 맞이 매뉴얼에 따르면, 귀환자들에게 지구의 상황을 인지시키는 것이 첫 번째라고 한다.

나도 그랬었지.

김 실장이 그랬는데, 나 정도면 굉장히 운이 좋은 케이스에 속한다고 했다.

가족들이 전원 생존해 있었으니까.

그것만으로도 한 단계 고비를 넘긴 셈이라던데, 그건 이 녀석도 마찬가지인 것 같다.

애초에 표정을 숨길 줄 모르는 놈이다. 얼굴 가득 가족들에 대한 그리움이 물씬 묻어 나온다.

"지구에 참 많은 일이 있었어. 저것들은 몬스터라고 부르는 놈들이지. 인류의 주적. 자세한 건 나중에 공무원들이 알려 줄 거다."

"공무원?"

"저기 뒤에 보여? 정부에서 나온 공무원들이야. 너에게 지구의 상황을 친절하게 알려 줄 거란다."

내가 손가락으로 뒤를 가리켰다.

그러자 저 멀리에서 가만히 상황을 지켜보고 있던 김 실장과 그레이스가 손을 흔들었다.

……갑자기 손은 왜 흔드는 거야?

"빨리 가서 가족들 만나야지."

"좋다."

다행이다. 그래도 생각보다는 덜 미친 놈이라서 손이 많이 안 갈 것 같다.

귀찮은 일이 생기면 어떻게 해야 하나 걱정하고 있었는데, 다행히 이번에는 어렵지 않-.

콰아아아아앙!

천자현으로부터 뻗어 나온 보라색 빛이 갑작스럽게 나를 공격하길래 오른팔을 들어 방어했다.

팔 끝으로 전해져 오는 묵직한 충격.

나는 눈살을 잔뜩 찌푸렸다.

"지금 뭐 하냐?"

그러자 천자현이 허공에서 하얀색의 검을 소환하면서 말했다.

"나는 강자를 보면 참을 수가 없는 성격이다. 걱정하지 마

라. 이건 일종의 시험이다. 내 시험을 통과한다면, 이 땅에 천마신교를 다시 세울 때 너를 중히 써 주마. 내 오른팔이 될 기회다."

미친 소리를 자연스럽게 내뱉는 천자현.

나는 오른팔을 손으로 쓸어내린 다음, 천자현을 노려보면서 말했다.

"넌 오늘 진짜 뒈졌다."

이 구역의 미친놈은 나야

스스로를 천마라고 밝혔던 천자현의 힘은 정말 강력했다.

한 세계의 지존으로 군림했던 남자. '천마기'라고 불리는 기묘하고도 불길한 기운을 부리던 그 남자의 힘은 내가 감당할 수 없는 수준이었다.

그렇게 나는 그에게 굴복하여 리멘 교단을 통째로 넘길 수밖에 없었다……라는 전개는 일어나지 않았다.

"한 대 더 쳐 봐."

"제가 어찌 하늘 같은 형님께 감히 그런 무례를 저지를 수 있겠소? 저는 이제 앞으로 형님과 평생의 의형제로……."

"몇 대 더 맞으면 그 쓰레기 같은 말투 교정하려나? 한 다섯 대?"

"아닙니다! 아닙니다, 행님. 제가 20년 동안 저쪽 세계에서 살다가 와서 아직 한국말이 어색해서……. 어? 지금까지 저 중원의 언어로 이야기했던 것 같은데, 어떻게 알아들으셨지?"

"지금 그게 궁금해?"

"예!"

"덜 맞아서 그래. 일단 좀 더 맞자."

자칭 '천마'를 제압하는 데 소요된 시간은 고작 1분.

분명히 이놈이 지닌 힘은 이레귤러라고 부르기에 충분했다.

요사스럽고 강대한 기운.

본인이 '천마기'라고 밝힌 기운이었는데, 확실히 굉장한 수준인 건 틀림없었다.

그런데 어째서 이런 결과가 나왔냐고?

결론부터 말하자면 천마기는 신성력과 상성이 너무 안 좋았다.

그것도 지독하게.

이유는 잘 모르겠다. 저 천마기라는 기운이 마기랑 비슷한 점이 많아서 그런 걸지도 모르겠다.

하여간에 나는 그 압도적인 상성을 이용해서 '천마'를 맛있게 요리하는 데 성공했다.

퍼어어어어억.

"그러게 선빵을 왜 날리고 지랄이야, 지랄은."

나는 신성력에 의해 에너지가 봉인된 천자현을 발로 밟으면서 이를 부드득 갈았다.

아까 그 공격? 내가 아니라 다른 각성자였다면 절명하고도 남았다.

대놓고 죽으라고 공격한 셈인데, 원래 이런 놈들은 말로 해서는 안 듣는다.

"제, 제발! 말 잘 듣겠습니다."

"아냐, 내가 너 같은 놈들 잘 알거든. 그런 말이 안 나올 때까지 맞아야 돼."

"……."

"이 새끼, 이제는 아예 입을 안 여네? 더 맞아, 그냥."

"끼아아아아아악!"

하마터면 가족들을 다시 못 볼 뻔했다는 생각을 하니까 더 괘씸했다.

그 이후로 한참 동안을 녀석을 팼다.

언제까지 팼냐면, 내가 이 녀석을 죽일까 봐 걱정된 김 실장이 달려올 때까지 팼다.

"김시우 교황님! 이러다가 사람 죽습니다."

김 실장의 등장에 방금 전까지 몸을 둥글게 만 채로 맞고 있던 천자현이 재빠르게 몸을 일으켰다. 그리고 김 실장의 뒤로 냉큼 숨어 버렸다.

"살, 살려 주세요. 이 살인자가 저 죽이려고 해요! 20년…… 20년 만에 돌아온 지구인데, 이렇게 죽으면 저 너무 억울해요! 공무원 아저씨, 저 지켜 주실 거죠?"

게이트에서 온갖 허세를 떨어 대면서 등장했던 천마의 비참한 추락이었다.

나는 나를 가로막는 김 실장을 향해서 말했다.

"어차피 걔 그 정도로는 안 죽어요."

"예?"

"63빌딩에서 떨어트려도 살 놈일걸요. 아까 못 보셨어요? 허공도 떠다니는 거. 그런 놈들은 고작 몇 대 맞았다고 안 죽어요."

내가 성큼성큼 다가서자 천자현이 이번에는 김 실장의 바짓가랑이를 부여잡으면서 소리쳤다.

"제, 제 힘을 대한민국을 위해서 사용하겠습니다! 그러니까 제발 저 미친놈 좀 막아 주세요!"

그러자 이번에는 김 실장이 대답했다.

"천자현 씨."

"예!"

"천자현 씨가 보기에는 제가 저분을 막을 수 있을 것 같습니까?"

"아……니요."

"그래도 노력은 해 보겠습니다."

참 대단한 놈이다.

아까 전에는 뭐 자기가 한 세계의 지존이었다느니, 중원을 먹고 있었다느니 잔뜩 무게를 잡더만, 꼴랑 하는 짓이라고는 자기보다 약한 사람 뒤에 숨어서 보호를 요청하는 거다.

……그렇게 생각하니 정말 대단한 놈이 아닐 수가 없다.

지존으로서의 명예 따위는 목숨 앞에선 아무런 의미가 없다는 건가?

원래 저쯤 되면 자존심이 그 무엇보다 중요할 텐데 말이지.

정말 바퀴벌레 같은 생존 본능이다.

강해서 살아남은 게 아니라, 살아남았기에 강해졌다고 보면 되나? 이렇게 또 깨달음을 얻어 가는구나.

"김시우 교황님. 먼저 공격을 가한 건 천자현 귀환자이지만, 그래도 일단 가족들의 얼굴은 보게 해 줘야 하지 않겠습니까?"

김 실장은 확실히 나를 잘 알았다.

논리적으로 설득하기보다는 감정적인 부분을 건드려 버리는 김 실장.

나 같은 사람을 설득할 때는 논리보단 감정이 잘 먹힌다는 걸 파악하고 있는 거다.

참으로 유능한 사람이다.

저렇게까지 말하는데 이 자리에서 천자현을 죽을 때까지

패 버린다면, 나는 가족의 귀환을 애타게 기다리는 이들의 희망을 꺾어 버린 놈이 된다.

어쩔 수 없지.

나는 어깨를 으쓱인 다음, 김 실장의 뒤에서 나를 훔쳐보고 있는 천자현을 향해 말했다.

"반항을 조금이라도 했으면 진짜 죽었을 텐데. 운이 좋네, 천마."

그러자 천자현은 갑작스럽게 김 실장 옆으로 튀어나왔다. 그러더니 냅다 나를 향해 절을 하면서 말했다.

"형님, 이 동생을 용서해 주셔서 정말 감사합니다! 천마라니요! 사실 천마 아닙니다."

"천마 아니야?"

"예! 사실은 소교주로 있었습니다. 교주의 자리까진 오르지 못했습니다. 아직 스승님이 멀쩡히 살아 계셨어 가지고……."

"네가 32대 천마신교 교주이자 3대 천마라면서?"

"32대 천마신교 교주이자 3대 천마가 될 예정이었다는 소리였습니다. 제가 잘못 말씀드렸습니다."

"그러면 그냥 천마(진)이라고 말했어야지. 오해할 뻔했잖아. 그럼 네 스승이?"

"예, 맞습니다! 31대 천마신교 교주이자 2대 천마, 그분께서 제 스승님이셨습니다! 그분이 당대 교주님이시자 당대 천마셨습니다."

……미친놈이 또 지구로 기어 들어왔다.

그래도 적당히 미친놈이라서 다행이라고 해야 하나? 지난 번 그 마검 들고 귀환한 미친놈은 다 죽이겠다고 난리를 치고 그랬건만.

이 정도면 말이라도 통하니까 다행이지 뭐.

"어떻게 귀환한 거야?"

"제가 20년 동안 향수병에 시달렸습니다. 그런 저를 불쌍히 여기신 스승님께서 저를 놓아주셨습니다. 참 감사한 분입니다."

향수병에 시달렸던 '천마(진)'라……. 어지간히 골 때리는군.

나는 녀석을 보면서 한숨을 푹 내쉬었다. 그리고 김 실장을 향해 말했다.

"김 실장님."

"예, 말씀하십시오."

"혹시 모르니까 이 녀석 기운에 걸어 둔 봉인은 풀지 않겠습니다. 이 상태로 서울로 데려가시면 될 것 같습니다. 가족들에게는 연락을 넣어 두셨습니까?"

"신상을 파악하자마자 연락을 했습니다."

"어떻던가요?"

"천자현 씨의 어머니 되시는 분께서 전화를 받으셨는데, 소식을 듣자마자 오열하시더군요. 어디로 가면 아들을 만나

볼 수 있겠냐고…… 그래서 일단 이능관리부 본청으로 모시는 중입니다. 다른 가족들도 마찬가지구요."

내가 귀환했을 때 인욱이는 자느라고 전화를 못 받았는데 말이지.

생각해 보니 또 괘씸하네?

오늘 집으로 돌아가자마자 인욱이를 갈궈야겠다.

난 나를 향해 굽신거리는 천자현을 보면서 잠시 고민했다.

"생각이 바뀌었습니다."

"어떤……."

"그냥 제가 함께 가도록 하죠. 안 됩니까?"

"그렇진 않습니다. 그런데 갑자기 왜……."

"좋은 생각이 났거든요."

잘만 하면 쓸 만한 노…… 아니, 인력을 확보할 수도 있겠다는 생각이 들었다.

나는 천자현의 퉁퉁 부은 얼굴을 바라보면서 입꼬리를 슬쩍 올렸다.

넝쿨째 굴러온 이레귤러급 귀환자?

이건 못 참지.

천자현을 데리고 곧장 이능관리부 본청으로 향했다.

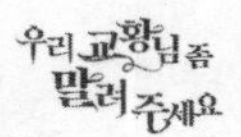

제주도에서 비행기를 타고 인천에 도착한 다음, 곧바로 차로 이동.

아직까지 이레귤러급 귀환자가 등장했다는 이야기는 기밀 사항이었다.

이레귤러 판정이라는 게 결국 이능관리부에 직접 가서, 힘을 측정해야지만 이루어지는 거니까.

그래도 내가 바로 붙어 있어서 그런가, 천자현은 이능관리부 본청으로 향하는 내내 순순히 지시에 따랐다.

숨겨 둔 비장의 한 수?

그딴 건 없었다.

그저.

"귀환하자마자 형님을 만난 건 제 인생의 큰 복입니다."

끊임없이 이어지는 아부.

그래도 내가 손을 좀 봐서 그런가, '본좌'나 그 이상한 말투는 사용하지 않는다.

역시 말투를 교정하는 데에는 물리력만 한 게 없다니까.

김 실장이 혀를 내두를 정도라면 천자현의 아부가 어느 정도인지 대강 예상할 수 있을 것이다.

그렇게 우리가 탑승한 차량은 이능관리부에 도착했고, 우리는 곧바로 천자현의 가족들이 기다리고 있던 접객실로 향했다.

접객실 안으로 들어가자 천자현의 가족들이 보였다.

50대 후반으로 보이는 중년 부부와 눈이 퉁퉁 부은 20대 초반의 여성 한 명.

"자현아, 자현아."

"아버지, 어머니, 동생아."

상봉의 순간이었다.

천자현의 가족들은 천자현까지 포함해서 모두 눈물을 흘리며 서로를 껴안았다.

그래도 가족끼리 사이가 좋았던 모양이다.

난 한 걸음 떨어져서 그 감동적인 상봉의 순간을 만끽했다.

내가 기대했던 가족 상봉도 바로 저런 거였다.

"고맙다. 살아 돌아와 줘서 정말 고맙다."

"아버지."

"얼마나 고생이 많았냐? 정말…… 그저 고맙다. 무사히 돌아와 줘서 고맙다."

"……늦게 돌아와서 죄송합니다."

"아니야, 자현아. 우리는 네가, 네가 이렇게 돌아와 준 것만으로도 행복해. 응?"

가족들의 감동적인 상봉을 방해할 수는 없는 노릇.

나는 김 실장에게 슬쩍 눈치를 주었고, 김 실장 역시 천천히 고개를 끄덕였다.

가족끼리 나눌 이야기가 아마 셀 수 없이 쌓여 있을 것이다.

중요한 순간이니 방해하지 말도록 하자.

나와 김 실장은 조용히 밖으로 나섰다.

"그래도 정말 다행입니다."

"뭐가요?"

"천자현 귀환자를 기다리는 가족들이 있었다는 게 얼마나 다행인지 모르겠습니다."

지켜야 할 것이 있는 사람은 쉽게 막 나가지 못한다.

사람마다 다르긴 하지만, 보통 최악으로 치닫는 사람들은 대부분이 더 이상 잃을 게 없는 이들.

김 실장의 말을 충분히 이해할 수 있었다.

나 역시 마찬가지였으니까.

지구로 돌아왔을 때 만약에 인욱이나 시연이가 둘 다 이 세상에 없었다?

그 경우는 상상하기도 싫지만, 만약 그랬다면…… 나도 내가 어떻게 되었을지 가늠이 안 간다.

한 가지 확실한 건 지금과는 다른 모습이었겠지.

"천자현 귀환자에 대한 몇 가지 검사가 진행될 예정입니다. 라파엘 님께서 한국 정부 측에 특수 측정기를 제공해 주셨습니다. 이번 기회에 한번 사용해 볼까 합니다."

"라파엘이 참 재주가 많아요."

"예. 덕분에 이레귤러를 판별하는 데 큰 도움이 될 것 같습니다."

웃음을 짓는 김 실장.

대한민국에 이레귤러가 한 명 더 생긴 순간인데, 당연히 기분이 좋을 수밖에 없겠지.

아마도 무난하게 이레귤러 판정이 나올 거다.

그건 의심의 여지가 없다.

천자현은 왕 웨이보다 월등히 뛰어난 무인이라고 볼 수 있었다.

신성력과 상성만 나쁘지 않았다면, 아마 나를 상대로 1시간은 버티고도 남았을 놈이다.

이렇게 혼란한 시기에 이레귤러가 늘어나는 건 두 팔을 벌려 환영할 일이다.

다만, 그 이레귤러가 정부 측에 협조적일 때만 적용되는 이야기다.

비협조적이고 적대적이라면? 그만한 재앙이 또 없지.

그렇게 나와 김 실장이 접객실 앞 의자에 앉아 이런저런 이야기를 주고받은 지 30분 정도가 지났을까?

접객실의 문이 열리더니, 아까 보았던 천자현의 아버지가 안에서 걸어 나왔다.

그는 우리를 향해서 허리를 숙이면서 감사를 표했다.

"제 아들을 데려와 주셔서 정말 감사합니다. 아까는 경황이 없어서 제대로 감사를 표하지 못했습니다."

"아닙니다. 저희가 한 건 딱히 없습니다."

"……죽은 줄로만 알았던 아들이 이렇게 돌아올 줄은 정말……."

말을 잇지 못하는 천자현의 아버지.

애써 눈물을 참는 듯한 모습이었다.

아들을 정말 사랑한다는 게 느껴진다.

"괜찮으시다면 들어오시겠습니까? 제 안사람이랑 딸도 김시우 교황님께 감사 인사를……."

"저한테요?"

"예. 사실, 아들이 실종되었던 장소가 서울 그라운드 제로였습니다. 매번 리멘 교단의 성지에 찾아가서 간절히 기도를 드렸는데…… 이런 기적이 일어난 겁니다."

듣던 중 반가운 소리다.

"아, 그렇습니까?"

"제 안사람이 평소에도 자주 리멘 교단의 신전에서 기도를 드리고는 합니다."

"오, 우리 교단의 신도셨군요."

이런 우연이 다 있나.

나는 자꾸만 올라가려는 입꼬리를 가까스로 감추며 고개를 끄덕였다.

잘만 하면 날로 먹을 수 있겠는걸.

❧

천자현.

그가 꿈꾸던 귀환은 이런 게 아니었다.

아주 오래전, 그가 학생이었던 시절에 많이 읽었었던 웹소설의 고전 클리셰.

그중에는 천마가 되어 지구로 귀환하는 클리셰도 포함되어 있었다.

엄청난 힘을 쌓고 지구로 돌아와서 가족들과 함께 행복하게 사는 것.

그 상상은 그가 20년 동안 낯선 세계에서 버틸 수 있게 해주었던 유일한 원동력이었다.

물론 이세계 생활은 그리 나쁘지 않았다.

천마라고 불리는 괴팍한 스승을 만나서, 운이 좋게 천마신교라는 집단의 소교주가 되어 온갖 호사를 누리고 살았다.

힘도 제법 많이 강해졌다.

스승의 경지까지는 도달하지 못했지만, 그건 스승의 경지가 너무 높았을 뿐.

지구의 최강자가 되기에는 충분하고도 남는 힘이라고 생각했다.

—돌아가거라.

20년 동안 고향을 그리워했던 그에게 스승이 건네준 마지막 선물.

우화등선을 앞둔 스승의 마지막 선물이기도 했고, 이번이 아니면 기회가 더 없을 것이라 했다.

그래서 천자현은 주저 없이 귀환을 택했다.

가족들이 너무 그리웠으니까.

그렇게 스승의 도움으로 지구로 귀환하게 된 천자현은 자신에게는 앞으로 꽃길만 펼쳐질 것이라 생각했다.

하지만 이게 웬걸?

그의 핑크빛 상상은 귀환하자마자 산산이 부서져 내렸다.

"천자현 귀환자는 아주 굉장한 힘을 지니고 있습니다, 아버님. 이런 자리에서 드릴 말씀은 아니지만…… 개인적으로 정말 기대되는 친구입니다."

"그 정도입니까?"

"예. 이레귤러로 판정될 가능성도 높구요."

"이레귤러요?"

"그렇습니다."

"세상에!"

저기에서 아버지에게 쉴 새 없이 주둥이를 나불거리는, 검은색 사제복의 남자.

김시우.

바로 저 사람이 그의 상상을 박살 낸 장본인이었다.

스승으로부터 직접 전수받은 '천마기'는 저 남자가 사용하는 흰색의 기운 앞에서는 무용지물이었다.

마치 고양이 앞의 쥐.

그의 스승이었다면 양상이 달랐겠지만, 천자현 그의 경지로는 도저히 극복할 수 없는 차이였다.

아직도 저 남자에게 얻어맞은 상처가 욱신거렸다.

게다가 더 악질인 것은 저 남자가 겉으로 보이는 상처들을 말끔하게 치료해 주었다는 것.

병 주고 약 주는 놈들만큼 지독한 놈들이 없는 법이다.

문제는 그뿐만이 아니다.

"저희 아들이 그렇게 강하다는 게 정말인가요, 김시우 교황님?"

"그럼요. 제가 직접 확인했습니다. 자현이는 대한민국의 두 번째 이레귤러가 되기에 충분한 힘을 지녔습니다."

분명 아까까지만 하더라도 자신을 죽일 듯이 두드려 팼던 저 남자가, 이번에는 가족들 앞에서 자신의 얼굴에 금칠을 해 대고 있었다.

도대체 무슨 꿍꿍이인지도 가늠하기 힘든 상황.

그러나 천자현은 잠시 후 그의 의도를 파악할 수 있었다.

"가족분들과의 시간을 충분히 보낸 다음, 나중에 자현이와 함께 많은 일을 해 보고 싶습니다. 아시다시피 대한민국을 비롯하여 전 세계가 혼란스럽지 않습니까? 자현이는 아마 대한민국을 지탱해 줄 또 하나의 기둥이 되어 줄 겁니다."

"우리 자현이가…… 김시우 교황님처럼?"

"그렇습니다. 저는 굳게 믿고 있습니다."

"이렇게 영광스러운 일이 있나."

제주도에서 이곳까지 오는 비행기 안에서 천자현은 몇몇 계획을 세웠다.

저 괴물로부터 벗어나기 위한 첫 번째.

일단 가족들을 데리고 해외로 나갈 것.

이 힘을 가지고 해외로 나간다면 그 어떤 국가에서도 최고의 대우를 해 줄 것이라 생각했다.

그리고 그런 천자현의 판단은 정확했다.

실제로 이레귤러급의 귀환자는 어디를 가더라도 최고의 대우를 받으니까.

다만, 그가 계산하지 못했던 변수가 하나 있었다.

"나중에 기회가 된다면 자현이가 우리 리멘 교단과 함께 일했으면 합니다."

"리멘 교단과 함께……."

"그렇습니다."

그것은 바로 그의 어머니가 김시우가 이끄는 종교의 신도라는 점이었다.

게다가 그의 여동생도 마찬가지였다.

마치 팬이 아이돌 스타를 보는 것만 같은 표정.

동경의 극에 다다른 표정이 여동생에게서 보였다.

천자현은 그제야 자신이 현재 어떤 상황에 놓여 있는지 절실하게 깨달을 수 있었다.

'당했다.'

눈앞에서 자신의 차기 행선지가 결정되고 있었다.

중원에서는 소교주로서 누릴 수 있는 모든 걸 누려 왔기 때문에 이런 상황을 전혀 예상하지 못했다.

비열하게 가족들을 먼저 포섭하다니?

저게 정말 교황이란 말인가?

지금 당장에라도 가족들 앞에서 '저놈이 절 죽일 듯이 때렸어요!'라고 소리쳐 봤자 달라질 게 없을 것 같았다.

"물론 어디까지나 본인의 선택이 중요한 법이죠. 그렇지, 자현아?"

김시우는 어느새 친근하게 천자현의 어깨에 팔을 둘렀다.

그리고 가족들에게는 안 들릴 만큼 작은 목소리로 속삭였다.

"슬슬 정신이 드냐?"

"형님……."

"앞으로 쭈우우우욱 함께하는 거야. 부모님들이 저렇게 너를 자랑스러워하시는데, 안 그래? 그래도 일단 귀환 첫날이니까 검사 대충 받고 가족들이랑 시간 보내고. 앞으로 너랑 할 일이 아주 많다. 형이 기대해도 되겠지?"

그 말을 듣자 10년 전, 그에게 스승이 해 주었던 말의 의미를 비로소 깨달을 수 있었다.

—제자야, 검만큼이나 혀를 조심하거라.

스승의 말은 틀린 게 없었다.
하지만 천자현이 그 의미를 깨달았을 때는 이미 늦어 있었다.
"제가 자현이에게 거는 기대가 아주 큽니다, 하하!"
그는 이미 혀로 만든 천라지망의 한가운데에 서 있었다.

⁂

성공적인 하루를 보내고 신전으로 복귀했다.
그런 나를 반갑게 맞이해 주는 라파르트 대주교.
"성하, 표정이 좋아 보이십니다."
"호구 하나 잘 낚았거든요."
"그렇습니까?"
"이레귤러 하나를 무료로 주워 온 느낌이랄까요. 결과가 좋을 것 같습니다."
마지막 천자현의 표정이 여전히 기억에 남는다.
혼이 쏙 빠진 표정으로 나를 멍하니 바라보고 있던 천자현.

그쪽 세계에서 소교주라고 했으니 이인자의 위치였을 거다.

그런 놈이니 세상 물정에 무감각해질 만하지.

방심하는 순간 먹힌다.

그것이 이곳의 규칙.

김 실장에게 빠르게 붙어서 목숨을 부지하기는 했다만, 이런 전개는 예상하지 못했을 것이다.

내 신성력에 꼼짝도 못 하니까 통제하기도 쉬울 거고.

거기에다가 가족들도 나에게 호의적이니, 아마 높은 확률로 우리와 일을 함께하게 될 것이다.

예상치도 못한 인재를 영입하게 되었다.

"제주도에 등장했다던 그 귀환자 역시 이레귤러였던 겁니까?"

"그렇더라구요. 꽤 강해요. 레오랑 루나와 비교해도 확실히 우위일 것 같아요."

아무리 녀석의 기운이 신성력과 상성이 좋지 않다고 한들, 한쪽의 힘이 압도적일 경우에는 상성 따위는 무시하게 된다.

전력으로 싸우는 걸 한번 봐야겠지만, 그 느낌이라는 게 있다.

루나와 레오는 이레귤러급의 귀환자만큼은 아니다.

디재스터급인 귀환자나 최상위 S급 헌터들보다는 강하지만, 이레귤러와 맞서 싸우는 건 불가능하다.

"전투원이 하나 더 늘면 좋죠. 안 그래요, 라파르트 대주교?"

"성하께서 그리 말씀하신다면, 저 역시 그렇게 생각합니다."

"그나저나 퇴근 시간 전에 어쩐 일이세요?"

"센다이 신전과 관련된 예산을 집행하기 위해서는 성하의 결재가 필요합니다."

"아하."

센다이 신전을 관리할 관리인도 뽑아야 하고, 정원도 조성해야 하고.

이제 막 건설된 신전이라 당연히 비용이 발생한다.

나는 라파르트 대주교가 건네준 보고서를 챙기면서 내 의자에 앉았다. 그리고 슬쩍 보고서를 확인했다.

"초기 예산 10억…… 이 정도는 알아서 진행하시지."

"교단의 운영비로 사용되는 모든 예산은 성하의 결재 없이는 집행할 수 없습니다."

"좋습니다."

그나저나 참 큰일이다.

지난번에 2천4백억에 크게 데어서 그런가? 이제는 10억이…… 당연한 것같이 느껴진다.

그만큼 우리 교단의 교세가 커졌다는 거겠지.

자체적인 병력을 키우고 있기도 하고, 날이 가면 갈수록 예산의 규모가 기하급수적으로 늘어나는 중이다.

그런데도 우리 교단의 재정이 여유롭다는 것만 보더라도 우리 교단의 축성소가 얼마나 대단한 힘을 지니고 있는지 알 수가 있다.

"미국에 넘길 성물들도 준비 잘되고 있습니까?"

"1기 교육생들 사이에서 축성사제로 적합한 인원들을 선발해 뒀습니다. 축성사제들은 재정부 소속이기 때문에 제가 직접 관리하고 있습니다."

"잘하셨어요."

컨트롤 타워가 있으니까 교단이 알아서 잘 굴러간다.

나는 흡족하게 고개를 끄덕이며 서류를 다시 라파르트 대주교에게 돌려주었다.

그리고 한숨을 가볍게 내쉬면서 말했다.

"이레귤러 하나가 더 추가되었으니까 작전 시기가 좀 앞당겨질 것 같아요."

"개성 전초기지에 물자를 비축하도록 하겠습니다."

"2차 원정대에는 2기 교육생들도 다수 참여시키기로 했으니까 절대로 돈 아끼지 마시구요."

"알겠습니다."

천자현이 어떤 결정을 내리냐가 중요하기는 한데, 아마도 녀석은 가만히 있지는 않을 거다.

지켜야 할 가족이 있는 이상 위험 요소를 최대한 제거하고 싶을 테지.

나 역시 마찬가지였기 때문에 충분히 예상할 수 있었다.

다만 한 가지, 녀석의 소속을 어디에 둘 것이냐는 건데…… 개인적으로 우리 교단에 소속되면 좋겠다.

정부에 소속될 가능성도 배제할 수 없겠지만 말이지.

그래도 한 가지 확실한 건 대한민국이 한층 더 안전해졌다는 거다.

옆 나라 전체에 불이 번진 상황에서 이쪽에 이레귤러가 한 명 더 추가되는 것만큼 든든한 일도 없을 것이다.

"앞으로가 좀 기대되네."

새로운 이레귤러의 등장.

아직까지는 엠바고가 걸려 있긴 한데, 이 사실이 공표되면 정세가 어떻게 흘러가게 되려나?

안 그래도 대한민국의 주가가 급상승하고 있는 상황.

여기에 또 다른 이레귤러의 등장이 더해진다면, 호랑이 등에 날개가 달리는 셈.

똑똑똑.

내가 이런저런 것들을 고민하고 있는 사이, 집무실에 또 다른 손님이 등장하셨다.

"이레귤러급 귀환자와는 일이 잘 풀리신 것 같습니다. 축하드립니다, 교황님."

이레귤러의 등장을 먼저 알렸던 라파엘.

라파엘은 씨익 미소를 지으면서 회의용 탁자 앞에 앉았다.
“이로써 대한민국은 두 명의 이레귤러를 보유하게 되었군요. 기분이 좋으시겠습니다.”
“미국에는 라파엘이 따로 이야기했겠죠?”
“제가 그래도 여전히 미국 소속이거든요. 미국 쪽에도 당연히 정보는 넘겼습니다.”
“미국 반응은?”
“좋지도, 그렇다고 나쁘지도 않습니다. 대한민국의 국력이 본국에서 예상한 것보다 훨씬 가파르게 증가하고 있어서일 겁니다.”
국제 관계라는 게 이렇게나 심오하다.
한미 동맹이 강화되고 있는 시점이긴 하지만, 원래 사촌이 땅을 사면 배가 아프기 마련이거든.
저쪽으로서도 이 상황을 마냥 기뻐할 수도 없는 노릇이다.
왜냐고?
이쪽의 무게 추가 무거워질수록 대한민국의 발언권이 더 강해지기 때문이다.
“어떻게, 새로 등장한 이레귤러와는 좋은 친구가 될 것 같습니까?”
“두고 보기는 해야겠지만, 일단은 미친놈이긴 해요.”
“교황님 앞에서는 꽤 얌전했겠어요.”
“어떻게 아셨지?”

"원래 가짜 광기는 진짜 광기 앞에서 무용지물입니다."
"그 말은 제가 진짜 광기라는 뜻?"
"노코멘트."
왜 다들 나보고 미친놈이래?
미친놈들한테 미친놈이라는 말을 들으니까 굉장히 기분이 나쁘다.
나만큼 정상이 또 어디에 있다고.
나는 어깨를 으쓱인 다음, 라파엘의 시선을 마주하면서 물었다.
"용건은?"
"아! 걱정하지 마십시오. 오늘은 용건이 아니라 다른 걸 들고 왔습니다."
라파엘은 품속에서 손톱만 한 기계장치를 하나 꺼냈다.
그리고 내 앞에 두면서 말했다.
"선물을 들고 왔습니다. 드래곤의 사체를 일부 양도해 주신 것도 그렇고, 이래저래 도움을 많이 주신 것도 그렇고."
"선물?"
듣던 중 반가운 소리네.
라파엘은 자신만만한 미소를 지으며 말했다.
"소개합니다. 드래곤 슈트입니다."
뭘까, 이 촌스러운 작명 센스는.
하지만 그로부터 5분 후.

"……이거 미쳤는데?"

나는 그 생각을 통째로 고쳐먹을 수밖에 없었다.

미친 장비가 하나 튀어나왔다.

⁂

기본적으로 슈트란 무엇이냐?

보통 슈트라고 한다면 M 제작사에서 만들었던 '아이언킹'을 떠올리기 마련이다.

최첨단 하이테크 기술로 무장한 슈트.

온갖 기술을 통해서 적을 완벽하게 제압하는.

나도 옛날에 그쪽 영화를 많이 봐서 로망이 있기는 했다.

특히, 라파엘이 전투하는 걸 지켜볼 때마다 개인적으론 너무나도 부러웠다.

솔직히 로망이잖아?

슈트를 입고 날아다니면서 적을 분쇄하는 거.

"안 그래도 교황님께서 저를 부러워하시는 것 같아서 제가 슬쩍 만들어 봤습니다."

"이게 슈트예요?"

라파엘이 건네준 건 푸른빛이 나는 반지.

나는 그 반지를 받아 든 다음, 이리저리 살펴보았다.

"신성력도 은은하게 느껴지네요?"

"예. 토비 아저씨의 도움을 좀 받았습니다. 기존 슈트의 회로를 신성석을 이용해서 변경했고…… 아니지. 그냥 쉽게 말씀드리겠습니다. 일단 착용해 보시죠."

말이 잘 통한다.

라파엘이 확실히 나를 잘 분석했다.

사실, 나에게 있어서 과정 따위는 크게 중요하지 않다. 중요한 건 결과물.

그의 말을 따라서 반지를 착용했는데, 정말 놀라운 일이 벌어졌다.

"교황님의 전투력을 보조하는 형식으로 설계했습니다. 교황님의 전투 스타일을 분석한 결과, 근접 전투는 제 기술로도 보조할 필요가 전혀 없다고 생각했습니다. 따라서 생각한 것이 바로 그겁니다."

반지에서 푸른색 빛깔의 비늘 같은 것이 돋아나더니 순식간에 내 온몸을 감쌌다.

반투명한 빛깔의 슈트.

내가 입고 있던 검은색 사제복 위에 푸른 빛깔이 덮인다.

"드래곤 본을 이용해서 만들어 낸 보호구입니다. 대부분의 원거리 공격은 막아 낼 겁니다. 충격을 완화시켜 주는 기술이 들어가 있고, 거기에 교황님 신체의 방어력을 생각해 본다면 미사일을 연속으로 두드려 맞아도 멀쩡하실 겁니다."

"오."

거기에 신성 보호 스킬까지 생각해 본다면, 거의 일인 군단 수준의 방어력을 확보한 셈이다.

"물론 테스트는 해 봐야 합니다."

"테스트?"

"제가 태평양에 따로 사 둔 섬 있습니다. 거기에서 미사일 몇 대만 맞아 보시죠."

"그럼 그 전에 저한테 몇 대만 맞아 보실래요?"

"하하! 사양하겠습니다."

라파엘도 내가 아는 미친놈들 중에선 진짜 손꼽히는 미친놈이었다.

성능 테스트를 위해 내 몸에다가 미사일을 처박겠다고?

그만큼 자신이 있다는 소리겠지만, 미사일을 맞아야 할 나는 또 뭐가 되냐고.

하지만 슈트의 장점은 내구력에서 끝나는 게 아니었다.

라파엘이 내 단점을 보완할 생각으로 만들었다는 이 슈트의 숨겨진 기능.

그 기능은 바로.

"이건 진짜 미친 것 같은데."

휘리리리리릭.

휘리리릭.

신성력을 머금은 채로 내 주위를 날아다니고 있는 검 모양의 유도 병기들.

유도하는 방식도 간단했다.

내가 그 대상을 바라보면서 공격하고 싶다는 생각을 떠올리면 알아서 움직인다.

그것도 신성력을 잔뜩 머금은 채로.

토비의 손길이 닿아 있는 게 분명한 그 무기들은 제각기 최상급 신성석을 장착한 채로 허공에 두둥실 떠올라 있었다.

예전, 동북아시아 교류전 때 왕 웨이가 사용했던 어검술과 비슷한 모양새였다.

"교황님께 이렇다 할 원거리 공격기가 없는 듯하여 이렇게 제작해 봤습니다. 이름은 아직 안 붙였습니다."

일본의 유명 로봇 애니메이션의 '판넬'과도 얼추 비슷해 보이는 기술.

도대체 이 얇은 슈트 어디에서 튀어나온 건지는 몰라도, 총 12개의 '판넬'이 허공에 두둥실 떠올라 있었다.

"원거리 공격 말고도 응용할 게 꽤 많을 것 같은데?"

일대일 전투에서도 운용하기 굉장히 유용해 보였다.

내 스타일 자체가 근접으로 부딪쳐서 그냥 두드려 패는 것인데, 그럴 때 사각에서 날아 들어오는 저 '판넬'이라면 틈을 만들기가 더 쉬워 보인다.

여러 가지의 응용이 가능한 신무기.

사실상 슈트보다 저쪽이 본체다.

"학습형 인공지능까지 탑재해 뒀습니다."

"전투만 많이 하면 알아서 학습한다?"

"그렇습니다."

정말 혁신이었다.

에덴에서는 꿈도 꾸지 못했었고, 지구에서도 꿈꾸지 못했던 기술.

라파엘의 기술에 토비의 장인 정신이 더해지니 진짜 괴물 같은 녀석이 하나 튀어나왔다.

역시, 템빨이 최고지.

"이 기능은 당장에라도 시험해 보고 싶긴 하네요."

"이름을 따로 붙여 주시겠습니까?"

"이름이라."

나는 잠시 그 이름을 고민했다.

신성력을 담은 채로 적의 모든 각도를 노리는 치밀한 송곳니.

녀석들이 동시에 적을 향해 기동하면서, 그 틈을 내가 파고들어 가는 모습을 생각해 보면…… 이 이름이 적당하겠다.

"지난번에 개발한 미사일은 천벌이었으니까…… 이번에는 그냥 천망 정도로 하죠."

직역해서 하늘의 그물.

꽤 그럴듯한 이름 아니던가?

내 말을 들은 라파엘이 '천망'이라는 단어를 두어 번 중얼거렸다. 그리고 천천히 고개를 끄덕였다.

"제법 그럴듯한 이름이네요. 좋습니다."

"라파엘 말대로 시험 운용을 좀 해 봐야겠지만, 뭐 괜찮겠어요."

"그렇습니까? 만족하셔서 다행인 것 같습니다."

휘리리리리릭.

나는 천망을 운용하면서 만족스럽게 고개를 끄덕였다.

부드럽게 날아다니는 투사체들.

단조롭기만 했던 내 전투 방식에 확실히 여러 변주를 집어넣을 수 있을 것 같았다.

나중에 한번 실험을 해 봐야지.

당장 잃어버린 땅으로 가서 테스트를 해 봐도 괜찮겠고.

그렇게 내가 12기의 천망을 바라보면서 흐뭇하게 웃고 있을 때, 라파엘이 손뼉을 치며 말했다.

"아! 그리고 그 슈트, 비행 기능도 있습니다. 지금은 사이킥 에너지로 구현해 뒀는데, 사이킥 에너지 말고 신성력으로도 비행이 가능하도록 연구를 진행 중입니다."

"그걸 왜 지금 말해요, 비행이 메인인데."

"하하, 진작에 말할 걸 그랬네요. 하지만 사이킥 수정을 사용하는 기능이라서 가격이……. 아시죠?"

"2천4백억?"

"정확합니다. 10분에 2천4백억."

"포기."

"그래도 연구는 재미 있으니까 제가 계속 연구해 보도록 하겠습니다. 결과가 나쁘지 않습니다. 3개월 내에 성과가……."

비행 기능조차 2천4백억이라고?

진짜 말도 안 되네.

……잠깐만.

라파엘은 전투를 할 때마다 날아다니던데, 그렇다면 저 사람은 돈이 얼마나 많은 거야?

⁂

다음 날 아침.

아침 일찍부터 신전에 손님이 찾아왔다.

"……그렇게 해서, 이레귤러로서의 기본 소양 교육을 담당하게 되셨습니다. 천자현 각성자를 잘 부탁드립니다, 김시우 교황님."

아침 일찍 찾아온 손님들의 정체는 바로 김 실장과 우리의 뉴 이레귤러, 천자현이었다.

나는 김 실장 옆에서 반쯤 포기한 표정을 짓고 있는 자현이를 향해 미소를 지었다.

이제는 사실상 내 사람이라고 할 수 있으니까 자현이가 맞겠지.

왜인지 몰라도 뭔가 정감도 간다.

앞으로 부려 먹을 생각에 기분이 좋아서 그런가?

"천자현 각성자는 20년 동안 다른 세계에서 살아왔기 때문에 지구에 적응하는 것도 도와주셨으면 합니다."

"여부가 있겠습니까. 걱정 딱 붙들어 매세요. 맞다가 보면 알아서 적응…… 아니, 우리가 잘 케어하겠습니다."

밤사이에 도대체 어떤 일이 있었던 걸까?

천자현은 이미 해탈한 상태였다.

김 실장은 나에게 고개를 숙이면서 말했다.

"그럼 부디 잘 부탁드리겠습니다."

그는 그렇게 천자현을 내 집무실에 두고 나서 사라졌고, 그렇게 집무실에는 나와 천자현 단둘만 남게 되었다.

나는 천자현을 향해 미소를 지었다.

"앉아."

"……예."

그리고 냉장고에서 콜라를 꺼낸 다음, 녀석에게 건네주었다.

"콜라 좋아해?"

"없어서 못 먹었죠. 감사합니다, 형님."

"그래도 꼬박꼬박 형님이라고 부르네?"

"어머니가 형님을 너무 좋아하시던데요? 제 동생 녀석도 그렇고. 그래서 그냥 형님이랑 같이 일하기로 했습니다."

착한 녀석이었군.

가족들을 먼저 생각한다, 이건가?

천자현은 콜라를 벌컥벌컥 들이켰다. 그리고 곧 입을 닦으면서 말했다.

"사실 어젯밤에 미국으로 이민 가자고 그랬거든요."

"괘씸한데 솔직하니까 봐줄게. 그래서 가족들은 뭐라고 했는데?"

"죽어도 한국 땅에서 죽고 싶다, 아버지가 그리 말씀하셨어요."

"저런."

"아버지가 군 장교 출신이시거든요. 예상은 했었죠."

그런 안타까운 사연이 있을 줄이야.

나는 씨익 미소를 지은 다음, 녀석의 맞은편에 앉았다. 그리고 은근한 목소리로 말했다.

"그거 알아?"

"뭘요?"

"원래는 너 이능관리부에서 직접 교육하기로 했었어. 그런데 내가 대통령한테 직접 전화해서 말했지. 내가 책임지고 교육시키겠다고."

"……아."

"고마워해라. 적어도 이능관리부에서 교육받는 것보단 훨씬 즐겁잖아?"

"차라리 거기로 보내 주시지……."

어림도 없지.

그사이에 다른 사람이 이 녀석을 채 가 버리면 곤란하다.

인재는 미리미리 침을 발라 둬야지.

"그런데 생각보다 혼란스러워하진 않네. 보통 귀환자들은 일주일 정도 혼란스러워한다고 하는데."

"형은 어떠셨는데요?"

"나?"

생각해 보자.

첫날에 뭐 했지?

아, 인욱이한테 야구 배트로 맞을 뻔했었구나. 그리고 집으로 들어가서 라면 다섯 봉지를 아작 냈고.

생각해 보면 나 역시 그렇게 정신없지는 않았다.

원래 있어야 할 곳에 돌아왔다, 그 생각만 머리에 가득 찼었다.

이런 내 표정을 읽은 걸까?

천자현이 다시 콜라를 마신 후, 고개를 끄덕였다.

"저도 마찬가지예요. 지구로 돌아오는 순간만을 기다려서 그런가, 아니면 아직 실감이 잘 안 나서 그런가. 꿈만 같죠."

"그런 게 좋은 거지. 지난번에는 미친놈이 하나 넘어왔었단 말이야. 사람들을 다 죽여 버리겠다는 소리를 해 댔었어."

"그놈 살아 있어요?"

"당연히 내가 보내 버렸지. 그리고 그 일이 앞으로 네가 해야 할 일이고. 오케이?"

이례굴러 후배가 생겼으니까 이제 그런 일은 맡길 때가 되지 않았나 싶다.

내 말을 들은 자현이가 한숨을 푹 내쉬었다.

"알겠어요. 그러니까 이거 봉인이나 좀 풀어 주세요."

내가 어제 이 녀석을 제압하는 과정에서 걸어 두었던 봉인.

깜박하고 그 봉인을 안 풀어 줬었나 보다.

나는 재빠르게 녀석의 '천마기'에 대한 봉인을 풀어 주었고, 그제야 자현이가 가슴을 쓸어내렸다.

"큰일 나는 줄 알았네."

"안 도망치네?"

"제가 왜 도망쳐요. 저, 가족들이랑 떨어질 생각 없거든요. 여태까지 불효자였는데, 부모님한테 효자 노릇 좀 해야지."

"있을 때 잘해 드려라."

이건 정말 진심이었다.

가끔 부모님이 계셨으면 어땠을까 생각한다. 두 분이 살아만 계셨다면, 내가 정말 잘해 드렸을 텐데.

지금은 그저 부모님이 계신 납골당에 찾아뵙는 것 말고는 해 드릴 게 없었다.

"자, 그럼 뭐부터 교육을 해 줄까?"

그러자 자현이가 단호하게 대답했다.

"국제 정세부터요. 어제 뉴스 보니까 그게 제일 급한 문제인 것 같던데?"

"은근슬쩍 말 놓지 말고."

"요."

"국제 정세부터라. 그래도 예비 천마라서 그런가, 그런 쪽에 관심이 있나 보네. 좋아, 그러면 국제 정세 쪽부터 슬쩍……."

그때였다.

똑똑똑.

막 이야기를 시작하려던 찰나, 누군가 집무실의 문을 두드렸다.

"들어오세요."

"실례하겠습니다, 김시우 교황님."

문을 열고 들어온 사람은 다름 아니라 방금 전에 나갔던 김 실장이었다.

표정을 보아하니 다급한 일이 생긴 모양이다.

김 실장은 숨을 잠시 고른 다음, 나를 바라보면서 말했다.

"중국에서 일이 발생했습니다."

"일이요?"

"오늘 새벽 상해에서 각성자들끼리의 대규모 전투가 발생했다고 합니다. 정부 측의 각성자들과 반군 측의 각성자들이 부딪친 것 같습니다."

도시 한복판에서 각성자들 간의 전투?

미친놈들.

"민간인 피해가 심각합니다. 그리고……."

"그리고?"

김 실장은 사뭇 진지해진 목소리로 말을 맺었다.

"중국의 이레귤러 서열 2위가 외교 특사로 대한민국에 파견될 예정이라고 합니다."

"……올 것이 왔네."

바로 옆에서 일어난 불길이 드디어 한반도로 번지려는 순간이었다.

대놓고 온 손님

이 시국에 중국에서 대한민국에 외교 특사를 파견할 이유가 뭐가 있을까?

몇 가지 없다.

거기에 상해에서 각성자 간의 전투가 벌어졌다는 것을 고려해 본다면, 사실상 답은 하나뿐이다.

"지원군을 요청하기 위해서겠죠?"

"저희도 그렇게 예상하고 있습니다."

"자존심밖에 없는 놈들이 웬일이래."

이곳은 이능관리부로 향하는 김 실장의 차 안. 내 옆에는 자현이가 함께하고 있었다.

실습 기간 동안은 내가 데리고 있을 계획이기도 했고, 앞으로 이 녀석이 이레귤러로서 활동하기 위해서는 실습이 필요했다.

중국의 이레귤러가 방문한 이번 기회야말로 아주 좋은 실습 기회기도 했고.

"이 자리에 동행해 주셔서 감사합니다."

김 실장은 운전대를 잡은 채로 나에게 감사를 표했다.

정부 측에서는 이번 접견에 내가 함께해 주기를 원했다.

이유는 단순하다. 이레귤러는 이레귤러로 상대해야 하는 법.

그 중국의 이레귤러가 어떤 짓을 벌일지도 모르는데, 당연히 내가 그 옆에 있어야지.

게다가 숫자도 우리 쪽이 우위다.

"이거, 이런 중요한 자리에 저를 데려가 주시니 감개가 무량합니다, 교황님. 그만큼 저를 믿어 주신다는 뜻이겠죠?"

미국 대표 이레귤러, 라파엘도 이 차에 탑승하고 있다.

즉, 김 실장의 차에 탑승하고 있는 이레귤러의 숫자는 총 셋.

이쯤 되면 걸어다니는 지구 멸망 스위치라고 해도 과언이 아니다.

그리고 이 세계 종말 폭탄의 운전대를 잡은 김 실장의 안색도 굉장히 창백했다.

"라파엘 님의 도움에 우리 대통령님께서도 감사를 표하셨

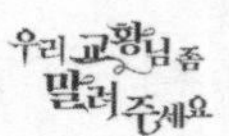

습니다."

"미국과 한국의 굳건한 동맹! 제가 그 증표가 될 수 있으니, 이 얼마나 기쁜 일입니까? 그리고 중국과 관련된 일이면 우리가 빠질 수가 없죠."

라파엘은 넉살 좋게 웃어 젖힌 다음, 나를 슬쩍 쳐다보면서 말했다.

"그나저나 저에게 언제 소개해 주십니까?"

"누굴요?"

"옆에 계시는 미남분 말입니다. 숨 참고 기다리고 있습니다."

김 실장이 운전하고 있는 이 차량은 방탄 처리가 되어 있는 특수 밴.

맨 뒷좌석에 앉아 있던 라파엘이 웃으면서 나를 쳐다보았다. 그러더니 곧 은근슬쩍 자현이의 옆에 앉았다.

"가는 길에 통성명이나 하시죠. 저는 라파엘이라고 합니다."

"……천자현입니다."

"낯을 좀 가리시는 성격?"

"그건 아닌데…… 그냥 좀 그래서요."

"그렇군요!"

빠르게 서열을 정리당한 천자현.

천자현의 꺼림칙한 표정만 보더라도 알 수 있다. 천자현의 광기는 라파엘을 뛰어넘지 못한다.

"형님, 이분은……?"

"미국의 이레귤러야. 하이테크놀로지의 세계에서 귀환한 사람이기도 하고. 앞으로 자주 볼 테니까, 사이좋게 지내라. 아, 그리고."

중요한 걸 안 알려 줄 뻔했다.

"사람 가지고 인체 실험 하는 걸 즐기는 사람이니까, 몸 간수 잘하고."

천자현은 내 말에 고개를 작게 끄덕였다. 그러더니 라파엘을 향해 툭 내뱉었다.

"나중에 실력을 한번 보고 싶습니다."

나를 향한 말투와는 사뭇 다른 말투.

처음 만났을 때와 말투는 달랐지만, 그 목소리에 담겨 있는 투쟁심은 동일했다.

그래도 나름 이레귤러는 이레귤러라는 건가?

쉽게 밀리진 않겠다는 결연한 의지가 엿보인다.

무인은 무인이구나.

의외였던 건 라파엘의 반응이었다.

"오늘 일이 끝나면 한번 붙어 보시죠. 안 그래도 궁금했습니다."

"화통하시네요. 장소는요?"

"음, 신전이 어떻습니까?"

"좋습니다."
그 말에 나는 그저 한숨을 내뱉을 수밖에 없었다.
그리고 앞에서 운전을 하고 있는 김 실장을 향해 말했다.
"중국에 대련 장소를 구해야겠는데요."
"예?"
"대한민국에서 핵폭탄이 터지겠어요."
솔직히 둘이 싸우면 누가 이길지 궁금하기는 하다.
그렇다고 대한민국에서 싸우게 할 수는 없으니, 중국이 제격 아닐까?
정 안 되면 잃어버린 땅에서 싸우게 해도 되고.
그렇게 두 이레귤러가 미묘한 분위기 속에서 신경전을 주고받고 있는 사이, 어느새 차량은 이능관리부의 주차장에 도착했다.
김 실장은 차량을 잠시 정차한 다음, 우리를 향해 말했다.
"도착했습니다. 중국 측 특사는 이미 최상층의 접견실에서 유선호 장관님과 이야기를 나누고 있습니다."
"유선호 장관님은 은퇴 안 하십니까?"
"무기한 연기되었습니다."
"저런."
"이번 회담은 유선호 장관님이 총괄하십니다. 부디 잘 부탁드리겠습니다."
대통령이 직접 나서지 않는 까닭은 대강 이해가 간다.

대한민국이 급한 상황이 아니라, 중국이 급한 상황이라는 거지.

목마른 사람이 우물을 파는 법이니까.

나는 고개를 끄덕거린 다음, 김 실장에게 질문을 던졌다.

"오늘 사고 쳐도 됩니까?"

그러자 김 실장이 잠시 고민하더니, 마지못해 고개를 끄덕였다.

"저쪽에서 선을 많이 넘는다고 판단하시면…… 그러셔도 됩니다. 대신 건물 안에서만큼은……."

"아아, 팰 거면 밖에 데리고 나가서 패라?"

"꼭 패라는 뜻이 아니라……."

"확인."

혹시 모르지.

이번에 외교 특사로 온 중국의 이레귤러가 사실은 굉장히 예의가 바른 녀석이라 손볼 필요 없을 수도.

물론 그런 가능성은 제로에 수렴한다고 생각한다.

왜냐고?

이미 오는 길에 이번에 대한민국에 특사로 파견된 그놈에 대한 정보를 넘겨받았거든.

이름, 순리.

중국의 이레귤러를 의미하는 초월자들 중 두 번째 서열.

창을 사용하는 이레귤러이며, 특이 사항으로는 권모술수

에 능함.

서열은 2위이지만 중국공산당 내부에서 가장 강력한 파벌을 형성 중.

한마디로 정치질 하나만큼은 기가 막힌 놈이라는 거다.

중국 정부에서 그런 놈을 외교 특사로 파견했다고 한다면, 그만큼 우리 쪽에서 가져가고 싶은 게 있다는 뜻인데…….

벌써부터 설렌다.

어떤 일이 벌어질지 말이다.

"들어갑시다."

나는 라파엘과 천자현에게 말했다.

간만에 재미 좀 보겠는걸.

⁂

이능관리부의 최상층.

최상층에 도착하자마자 이곳에 중국 이레귤러가 있다는 걸 확실하게 알 수 있었다.

접견실으로 들어가는 문은 두 부류의 각성자들이 지키고 있었는데, 하나는 태극기를 달고 있는 이능관리부의 각성자들, 그리고 다른 하나는 오성홍기를 달고 있는 중국의 각성자들이었다.

"고생들 하십니다."

나는 그들을 향해 가볍게 손을 흔들어 주었고, 그러자 태극기를 달고 있던 각성자가 나에게 경례를 했다.

"오셨습니까!"

"들어가도 되겠죠?"

"물론……."

그러나 그때, 옆에 있던 오성홍기의 각성자가 나를 제지했다.

그리고 괘씸하게도 중국어를 내뱉었다.

"신원이 확실하지 않다. 기다려라. 들어가서 여쭙고……."

"한국어로 내뱉어. 못 알아 처먹겠잖아. 너, 진짜 나 몰라?"

한국에 왔으면 한국어로 말하는 게 예의지, 다른 사람들은 못 알아듣게 중국어는 또 뭐야?

내가 짜증을 내려던 찰나, 내 뒤에 서 있던 자현이가 슬쩍 기운을 끌어올렸다.

그리고 잠시 후.

털썩.

방금 전까지만 해도 우리 앞을 가로막고 있던 그 중국인이 거품을 문 채로 쓰러졌다.

나는 갑작스러운 돌발 상황에 자현이를 쳐다보았다. 그러자 자현이가 어깨를 으쓱였다.

"감히 형님 앞을 막잖아요."

"……그래."

"자중할까요?"

"아냐, 너 하고 싶은 대로 해."

사실상 내 홈그라운드에서 나를 막아 세운다? 이것만큼 유치한 신경전이 없지.

나는 바닥에 쓰러진 중국 측 각성자를 슬쩍 쳐다본 다음, 유유히 접견실 안으로 들어갔다.

그러자 접견실 안에서 이야기를 나누고 있던 두 남자가 눈에 들어왔다.

그중 한 명은 당연히 유선호 장관이었다.

"유선호 장관님, 여기 경비에 중국인 고용하셨어요?"

나는 넉살 좋게 말하며 중앙의 탁자로 향했다. 그리고 유선호 장관의 옆에 앉은 다음, 씨익 입꼬리를 올렸다.

"한국어 가능한 사람으로 고용하시지, 불미스러운 사고가 잠깐 있었습니다."

"그렇습니까?"

"해외 취업을 하려면 어학 능력은 필수죠."

나를 따라서 천자현과 라파엘도 의자에 앉았다.

유선호 장관은 라파엘과도 가볍게 인사를 나눴고, 곧 천자현을 향해 미소를 지었다.

"천자현 각성자, 이능관리부의 장관, 유선호라고 합니다. 앞으로도 잘 부탁드리겠습니다."

"아, 예, 장관님. 저야말로 잘 부탁드립니다."

우리가 들어오기 전까지 분위기가 어땠는지는 몰라도, 한 가지 확실한 건 우리가 들어오자마자 분위기가 바뀐 것 같다.

그것은 우리 앞에서 잔뜩 찡그린 표정을 짓고 있는 순리의 표정만 보더라도 알 수 있었다.

유선호 장관은 이런 분위기를 놓칠 사람이 아니다. 그는 사람 좋은 웃음을 지으며 순리에게 말했다.

“이분은 대한민국의 이레귤러, 김시우 교황님입니다.”

“……알고 있소. 모를 수가 없지. 그리고 그 옆에는 미국의 이레귤러, 라파엘 각성자겠지.”

“오, 중국인 친구, 내 이름을 압니까? 이것 참, 거물이라도 된 기분입니다. 안 그렇습니까, 김시우 교황님?”

늘 그렇듯이 능청을 떠는 라파엘.

순리의 시선은 곧이어 천자현에게로 향한다.

“그런데 저 청년은 도대체 뭐요? 이런 자리에 낄 만한 인물은 아닌 것 같은데.”

만만해 보이니까 일단 건드려 보겠다, 뭐 이런 것 같은데.

다소 무례한 질문에 유선호 장관은 그저 웃으면서 대답했다.

“대한민국의 새로운 이레귤러, 천자현 님이십니다.”

“허, 시기가 참 공교롭군. 우리가 대한민국에 방문한 시점에 새로운 이레귤러가 등장할 줄이야? 이봐요, 유선호 장관, 너무 속 보이는 장난질 아니오?”

다소 무례하다는 건 취소다.

이건 뭐 그냥 대놓고 무례하다.

"미스터 순, 천자현 군은 제가 인정하는 이레귤러입니다."

라파엘이 한마디 거들자, 순리가 즉각적으로 반응했다.

"미국과 대한민국은 한편인데, 미국이 우리를 압박하기 위해서 못 할 짓이 없다는 걸 알고 있소."

"그러니까 귀하의 말은, 대한민국과 미국이 힘을 합쳐서 중국을 속이고 있다, 그렇게 주장하는 걸로 받아들이면 되겠습니까?"

"배제할 수 없다는 뜻이지."

목소리에서 거만함이 잔뜩 묻어 나온다.

나는 웃으면서 그놈의 반응을 즐겼다.

허장성세라고, 그 말이 진짜 딱 맞다.

실속도 없는 놈이 원래 허세를 제대로 부리는 법.

물론 저 녀석 스스로는 본인의 허세에는 이유가 있다고 생각할 것이다.

실력이 아예 없는 녀석은 아니니까.

그래도 명색이 중국의 서열 2위인데, 입만 산 놈은 아니다.

"형님."

이 사태의 중심이라고 할 수 있는 자현이가 나를 바라보면서 말했다.

"쟤 뭐라는 거예요?"

"너, 중원에서 왔다면서."

"그랬죠."

"그런데 중국어 몰라?"

"중원어랑 중국어랑 좀 많이 다른데요?"

그렇군.

사실, 중원이라는 세계 자체가 이세계니까 말이 다른 게 이상할 건 없다.

"깔끔하게 정리해 줄게."

"예."

"쟤가 너보고 이 자리에 있을 자격 없는 놈이라는데? 버러지 주제에 왜 나서서 설치냐, 대충 이런 뜻이야."

"재밌는 새끼네요."

"그래, 재밌는 새끼지."

조국이 불타오르고 있어서 지원을 요청하러 온 주제에, 같잖은 자존심은 끝까지 지키려는 꼴이다.

동북아 교류전 때 당했던 수모만으로는 부족했던 것일까?

"형님."

"어."

"혹시 제 말 전달해 주실 수 있으실까요?"

"얼마든지 해."

나야 〈언어의 축복〉 덕에 동시통역이 얼마든지 가능하지.

내가 고개를 끄덕이자, 자현이는 순리를 향해 히죽거리면서 말했다.

"불만 있으면 덤비라고 해 주세요."

"그래, 형이 잘 통역해서 말해 줄게."

이래 보여도 내가 통역사로서의 재능이 좀 있거든.

나는 고개를 끄덕거린 다음, 순리를 바라보았다. 그리고 화사하게 미소를 지으며 말했다.

"얘가 너보고 X밥 주제에 깝치지 말라는데?"

"이런 무례한 작자들을 보았나!"

아, 시원하다.

역시, 사람은 하고 싶은 말은 하고 살아야 된다니까.

⁂

골리는 맛이 있는 사람들이 있다.

흔히들 그런 사람들보고 '반응이 맛있다.'라고 표현한다.

순리는 '반응이 맛있는' 사람에 속하는 녀석이었다.

순식간에 빨갛게 달아오르는 얼굴.

나는 그 얼굴을 감상하면서 싱긋 미소를 지어 주었다.

"이레귤러 아니었으면 화병으로 비명횡사했겠네. 당신 운이 좀 좋은데?"

저쪽의 자세를 생각해 보면 내가 굳이 잘 대해 줄 필요가 없었다.

딱 봐도 도움을 구하러 온 건데, 저 거만한 자세 좀 봐라.

목마른 사람이 우물을 파는 게 아니라, 목마른 사람이 우물에 독을 푸는 격이었다.

"소국이라서 그런지 손님 대접이 형편없군. 손님에게 이딴 무례를 저지를 수가 있나!"

녀석의 목청이 접견실 내부를 쩌렁쩌렁하게 울렸다.

아주 그냥 개소리다.

그래서 나는 손가락으로 귀를 판 다음, 능글거리는 목소리로 대답했다.

"말은 똑바로 하셔야지. 손님이 아니라 동냥하러 온 거지새끼 아닌가?"

"김시우!"

"내 이름을 알 정도면 내 성질머리도 대충 들었을 것 같은데…… 너희 이레귤러 중 한 명이 내 손에 의해 폐인이 되었는데, 내 앞에서 그 태도가 맞아?"

"왕 웨이 따위와 나를 비교하는 거냐?"

"내 눈에는 둘 다 비슷해 보여서."

접견실의 분위기는 폭발 5초 전이다.

물론 폭발하는 건 순리 혼자뿐.

심지어 이 상황을 말려야 할 유선호 장관조차 가만히 우리의 대화를 지켜보는 중이었다.

이건 어디까지나 기선 제압의 문제다.

자만심으로 똘똘 뭉친 저놈을 굴복시키기 위해서는 말로는 안 된다.

"불난 건 네 집인데, 왜 우리 집에 와서 허세를 부리고 있냐? 그러다가 재밖에 안 남을 텐데, 여유를 부리는 이유가 도대체 뭐야?"

"소국의 이레귤러 주제에 감히 우리 대국의 힘을 과소평가하는 거냐? 반군들을 진압하는 건 우리에게 그리 어려운 일이 아니다. 다만, 인민들의 피해를 최소화하기 위해서 자중하고 있을 뿐이다."

"그런 놈들이 상해에서 민간인들까지 휘말리게 해?"

"그것은 어디까지나 안타까운 사고였을 뿐이다. 희생이 불가피했을 뿐."

"3만 명이라는 숫자가 불가피한 숫자야?"

"대국에는 그렇다."

"미친 새끼들."

미국의 보고서에 따르면 최소 사망자가 3만 명이라고 했다.

저놈은 그 3만 명의 억울한 희생자를 그저 '불가피한 숫자'라고 말하고 있었다.

나는 이를 부드득 갈았다.

도시 한복판에서의 전투로 3만 명이나 죽여 놓고서는 저딴 말을 지껄이니 화가 날 수밖에 없었다.

사람의 목숨을 존중하지 않는 놈들은 그 어떤 것도 존중하지 않는다.

그런 놈들과 무슨 일을 같이할 수 있을까?

순리는 내 눈을 똑바로 마주하면서 말을 늘어놓기 시작했다.

"그동안의 양국 관계를 생각하여, 한국에게 기회를 주고자 찾아온 거다."

"기회?"

"대국에게 빚을 지워 둘 기회. 비록 큰 도움은 되지 않겠지만, 이번 내전이 끝나면 우리가 크게 보답하도록 하지."

여전히 자신들이 우위에 서 있다는 말투.

이쯤 되면 그냥 막 가자는 거다.

동북아 교류전 때까지만 하더라도 이 정도로 미친놈들은 아니었는데, 저 개소리를 듣고 있자니 확실히 중국의 상황이 어지럽다는 게 눈에 보였다.

저딴 머저리를 외교 특사로 보낼 정도니까.

사람의 화가 극에 이르면 웃음이 나온다고 했던가? 지금 딱 내 꼴이 그렇다.

나도 모르게 입가가 자꾸만 씰룩거렸다.

그리고 그 웃음을 지켜보고 있던 자현이가 넌지시 물었다.

"저놈이 또 뭐래요?"

"특별히 우리에게만 중국을 도울 수 있는 기회를 주겠다는데?"

"재밌는 놈이네. 안 되겠다."

비릿하게 미소를 지은 자현이가 허공에서 흑색의 검을 소환한다.

그러더니 곧 그 검을 움켜쥐면서 자리에서 일어섰다.

"어차피 중국 지금 난리가 났다면서요? 이놈도 중국에서 한가락 하는 놈이라면, 그냥 이참에 이 새끼 모가지 따시죠. 백정 짓은 제가 대신 해 드릴 테니까."

"핏덩이 주제에!"

순리도 가만히 있지 않았다.

순리 역시 허공에서 창을 소환한 다음, 창대를 꽉 움켜쥐었다.

이레귤러들은 허공에서 무기를 소환하는 게 기본 능력인 걸까?

나도 그 둘을 따라서 무기를 소환해야 하나 고민했지만, 빠르게 포기했다.

천망을 이런 곳에서 시험해 보기에는 장소가 너무 협소했기 때문이다.

자칫하다가는 유선호 장관이 다칠 수도 있단 말이지.

나는 유선호 장관에게 슬쩍 신성 보호막을 걸어 준 다음, 천천히 자리에서 일어났다.

그리고 창을 꺼낸 순리를 향해서 말했다.

"여기가 이능관리부라는 것에 감사해라. 이능관리부가 아니었으면 일단 네 그 팔 한 짝부터 뜯어 놓고 생각했을 거니까."

도대체 저놈이 무슨 생각으로 이딴 짓을 저질렀는지, 정확히는 모르겠다.

다만, 그 밑바닥에 중국 내 서열 2위라는 자신감이 자리 잡고 있다는 것은 알겠다.

이로써 중국 정부는 현재 이렇다 할 외교 특사조차 제대로 운용하지 못하는 수준에 이르렀다는 걸 알게 되었다.

그 정도가 유일한 수확이라고 해야 할까?

"도움을 구하러 왔으면 바짓가랑이라도 잡고 매달렸어야지."

"이 자리에서 네놈의 그 건방진 혓바닥을—."

독이 잔뜩 오른 순리가 날 창으로 겨누며 입을 나불거렸다.

나는 천천히 녀석을 향해 다가갔다. 그리고 녀석의 창날 앞에 멈춰 섰다.

"감히. 네가. 나를?"

중국의 이레귤러들에 대해서는 살짝 기대했었는데, 왕 웨이도 그렇고 이놈도 그렇고, 이래저래 실망이 크다.

실력도, 그렇다고 인격도.

그 어떤 것도 존중할 수 없는 상대.

미국이 건네준 보고서에는 이놈이 모략질을 잘한다고 했는데, 지금 보면 모략이고 자시고 그냥 머저리에 불과한 놈이다.

“찌를 수 있으면 찔러 봐.”

대놓고 도발했다.

하지만 순리는 한참 동안 나를 노려보기만 할 뿐, 창을 내지르진 못했다.

그렇게 얼마나 시간이 흘렀을까?

제풀에 지친 모양인지, 순리가 창을 다시 내려놓았다. 그러더니 곧 나를 향해 말했다.

“당신들의 뜻은 잘 알았다. 내가 괜한 발걸음을 했군. 우물 안 개구리 같은 자들이었어. 소국에 갇혀서 대의라는 걸 모르나?”

마지막까지 우리의 속을 긁어 대는 순리.

나는 이 녀석이 왜 끝까지 이런 짓을 벌이는지 잠시 머리를 굴렸다.

아무리 생각해도 이해가 안 가는 상황.

마치 일부러 중국과 한국의 관계를 아작 내려는…… 잠깐만 ……이 새끼, 설마?

“너…….”

“김시우 교황님.”

내가 손을 쓰려던 찰나, 여태까지 내 뒤에서 가만히 앉아 있던 유선호 장관이 넌지시 나를 불렀다.

"예, 장관님."

"첫 협상은 결렬로 하겠습니다. 시간 있으십니까? 순리 각성자를 내보낸 후, 우리끼리 이야기를 계속 나눴으면 합니다."

유선호 장관도 순리의 꿍꿍이를 눈치챘는지, 반쯤 체념한 눈빛이었다.

나는 순리의 얼굴을 쳐다보면서 인상을 잔뜩 구길 수밖에 없었다.

⁂

뜨거운 분위기 속에서 협상이 결렬된 후, 순리는 접견실의 문을 박차고 나갔다.

그렇게 접견실에 남겨진 우리 넷.

유선호 장관은 천천히 자리에서 일어서서 창문을 향해 다가갔다. 그리고 창문 밖을 바라보며 천천히 입을 뗐다.

"순리는 대한민국이 이번 사태에 개입하는 걸 원하지 않습니다."

유선호 장관의 말은 많은 뜻을 담고 있다.

순리에게만 한정 지었다는 것은, 반대로 말하면 다음과 같다.

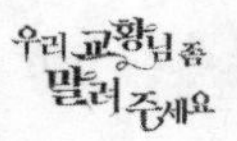

"중국 정부의 입장은 아니다?"

"저희는 그렇게 분석하고 있습니다."

유선호 장관의 말이 계속 이어진다.

"애초에 순리는 각성자들만을 위한 세상을 만들어야 한다고 주장하는 사람입니다. 유니온, 정화자와 크게 다를 바 없는 인물이지요."

그런 놈이 왜 정화자에 들어가지 않았을까?

사실, 내가 지금까지 상대했던 정화자라는 조직의 특성을 생각해 본다면 답은 이미 나와 있었다.

정화자라는 집단은 애초에 권력이 목적인 집단이 아니다.

무분별한 혼돈, 그것만이 정화자가 추구하는 목표다.

순리는 중국 최대의 정치 파벌을 이끄는 수장.

권력 따위는 염두에 두지 않는 정화자와 사이가 좋을 리가 없다.

"순리는 오히려 이번 기회에 중국에 새로운 정부를 세울 계획인 겁니다."

"그래서 첫 협상 때 대놓고 저딴 짓을 했다?"

"그렇지 않고서야…… 설명이 안 됩니다. 김시우 교황님께서도 이미 느끼셨을 거라고 봅니다."

상황이 좀 더 복잡해진다.

중국 정부 내에서도 지금 파벌이 극명하게 나뉘고 있다는 소리인데, 이건 그냥 정화자들이 활개를 치고 다니기 좋은 환경이었다.

혼란이 가중될수록 마기에 잠식되는 사람들도 많아질 수밖에 없다.

정화자들이 힘을 불리기 딱 적당한 시기.

마왕들의 화신체가 본격적으로 등장한 시점에서 이런 혼란은 좋지 않다.

"유선호 장관님은 중국 사태에 어느 정도 개입하는 걸 바라고 계시네요."

"중국의 혼란이 거대해질수록 우리가 부담해야 할 짐이 무거워집니다. 최악의 상황은 피하는 것이 좋지 않겠습니까?"

"그렇긴 하죠."

이 혼란을 틈타서 마왕 놈들과 그 무명이라는 놈이 힘을 더 키운다면?

최악을 가정해 봤을 때, 나 혼자서 감당하기 힘든 일이 벌어질 수도 있다.

7마왕이 본래의 힘을 되찾아 버린다면, 끔찍한 피해가 발생하게 될 테니까.

마왕 놈들은 암세포와도 같다.

성장이 끝나면, 목숨을 담보로 제거를 할 수밖에 없었다.

내가 봤을 땐 지금이 녀석들을 억제할 수 있는 마지막 기회다.

"리멘 교단이 평화 유지군 느낌으로 중국에 진출하는 방안도 제안했지만, 순리가 일언지하에 거절했습니다. 중국 정부의 통제를 받지 않는 종교는 받아들일 수 없다더군요."

"녀석이 그런 걸 결정할 만큼 권한이 강합니까?"

"현재, 중국 정부의 각성자들 대부분이 그의 파벌로 들어갔습니다."

"서열 1위는……."

"서열 1위는 정치를 좋아하지 않습니다. 은거기인. 중국의 서열 1위를 설명할 때 가장 잘 어울리는 표현입니다."

한마디로 지금 중국 정부가 순리의 손에 놀아나고 있다는 건데, 뭐 그건 자업자득이다.

그러게 누가 저딴 놈한테 권력을 주래?

문제는 그 '저딴 놈' 때문에 마왕의 발호를 가만히 좌시하고 있어야 된다는 건데, 그것도 그것대로 골치 아프다.

지금까지는 국제 관계 때문에 지켜보고 있었지만, 더 이상 두고 볼 수는 없었다.

중국이 여러 개로 나뉘는 건 사실 환영할 일이지만, 그 혼란을 틈타 마왕들이 힘을 되찾는 건 불쾌한 일이다.

나는 고개를 끄덕이면서 말했다.

"그럼 답은 이미 정해져 있네요."

"……예?"

"금방 다녀오겠습니다."

일을 해결할 거면 빨리 해결해야 속이 시원하다.

내가 자리에서 일어서자 유선호 장관이 당황한 얼굴로 나를 쳐다보았다.

"어디를 가시려고……?"

나는 유선호 장관을 바라보면서 방긋 미소를 지었다.

"참느라고 많이 힘들었거든요. 스트레스는 참으면 병이 됩니다. 그때그때 스트레스를 풀어야죠."

한국 측 대표단과의 첫 협상을 파투 낸 순리는 곧바로 숙소로 향했다.

"한국 놈들이 대륙에 침을 바르는 꼴을 내가 가만히 두고 볼 수야 있나."

순리는 와인을 한 모금 넘기며 입꼬리를 올렸다.

"중국은 나의 것이다."

그의 말에 앞 좌석에 타고 있던 그의 비서가 즉각적으로 대답했다.

"당연한 말씀이십니다. 곧 천하가 순리 님의 발아래에 놓이게 될 겁니다."

"백명교와는 연락이 되었나?"

"예."

"정화자는 앞으로 그들이 담당할 것이다."

순리는 얼마 전에 찾아왔던 백명교의 대주교를 떠올렸다.
금발의 어린 소녀.
그 소녀는 정화자들이 사용하는 사이한 마기를 정화하는 기적을 보여 주었다.
“리멘 교단에 밀려서 쫓겨난 놈들을 내가 거두어 주었으니, 그래도 리멘 교단보다는 고분고분할 것이다.”
백명교는 중국 정부의 통제를 순순히 받아들이기로 했다.
아니, 정확히는 자신에게 충성을 맹세했다.
그 대가로 백명교를 밀어주기로 했지만, 인민들이 무엇을 믿는지 따위는 순리에겐 중요하지 않았다.
새로운 질서를 만들기 위해서는 권력만큼이나 타이밍이 중요한 법.
순리는 지금이야말로 새로운 질서를 창조해 낼 적기라고 판단하고 있었다.
“그래도 늙은이들을 위해 협상을 하는 시늉이라도 해 줘야겠지.”
“원로들도 제거하시는 게 어떻겠습니까?”
“나중에. 지금은 타이밍이 아니다. 나는 중국을 위기에서 구원한 정의로운 영웅이 되어야만 해. 지금 그들을 제거한다면, 나는 그저 권력에 미친 간웅이 될 뿐이야.”
중국을 기반으로 전 세계를 움직이는 지배자가 되는 것.
그의 계획은 순조롭게 진행되고 있었다.

비록 정화자라는 버러지들이 끼어들었지만, 그들은 어디까지나 버러지일 뿐.

자신의 원대한 계획을 방해할 수는 없는 놈들이었다.

순리는 와인 잔을 만지면서 아까 전에 만났던 김시우의 얼굴을 떠올렸다.

"우물 안의 개구리 같은 놈."

대의 따위는 모르는, 그야말로 소인배 같은 놈.

여유만 있었다면 직접 손을 봐 주고 싶었지만, 지금은 때가 아니었다.

"스카우트 작업은 잘되어 가고 있나? 왕 웨이, 그 병신 같은 놈처럼 허술하게 진행하면 안 된다."

"예, 요원들이 움직이고 있습니다."

"막대한 권력, 넘치는 재력. 원하는 모든 걸 주겠다고 약속해라."

"알겠습니다."

새로운 세상을 만들기 위해서는 언제나 인재가 필요하다.

순리는 비서의 대답에 만족스럽게 고개를 끄덕였다.

"이깟 소국이 해 줄 수 없는 대우를 해 준다면, 자연스레 우리에게-."

끼이이이이이익.

그때였다.

잘 가고 있던 차가 갑자기 급정거했고, 순리는 인상을 찌푸리면서 말했다.

"무슨 일이냐?"

순리의 질문에 차를 운전하고 있던 기사가 떨리는 목소리로 답했다.

"그, 그것이."

똑똑똑.

순리가 기사를 추궁하기도 전에 누군가 순리 옆의 창문을 손으로 두드렸다.

그리고 잠시 후.

끼드드드드득.

문이 통째로 뜯겨 나갔고, 곧 아까 보았던 젊은 남자가 모습을 드러냈다.

그 남자가 활짝 웃음을 지은 채로 순리에게 말했다.

"이번에는 대한민국의 이레귤러가 아니라 리멘 교단의 교황으로서 만나러 온 거야. 자, 2차전 시작해야지?"

"이런 미친놈."

그 말에 김시우가 기뻐 죽겠다는 듯한 목소리로 대답했다.

"어, 맞아."

⁂

나는 순리처럼 도시 한복판에서 싸우고, 민간인들이 피해를 입는 걸 용납할 수 없는 사람이다.

하지만 그렇다고 해서 무례를 그냥 지나칠 수 있는 성인군자도 아니다.

순리, 이놈이 아까 나를 소인배라고 불렀었는데, 사실 나는 소인배가 맞다.

뒤끝이 무척이나 길고, 받은 만큼은 무조건 돌려줘야 성이 풀린다는 소리다.

"내가 반드시 네 오만한 콧대를 짓눌러 주마. 하늘 위에 하늘이 있다는 것을 알게 될 것이다."

우리가 서 있는 이곳은 동북아 교류전이 개최되었던 이능관리부의 훈련장.

그때 거의 반쯤 박살 났던 훈련장은 예전보다 훨씬 넓고 깔끔하게 정비되어 있었다.

그만큼 이능관리부의 예산이 여유롭고, 그만큼 정부 내에서의 입지가 강해졌다는 것을 의미한다.

나는 내 앞에서 창을 꺼내는 순리를 바라보면서 비릿하게 미소를 지었다.

기분이 너무 좋았다.

왜 이렇게 자꾸 웃음이 나올까?

"하룻강아지 범 무서운 줄 모른다더니, 딱 그 꼴이구나. 내가 너에게 대륙의 강자가 어떤 존재인지 반드시……."

"그 자리야."

"……뭐?"

"왕 웨이가 불구가 되어 버린 장소. 내가 이 자리에서 왕 웨이를 폐인으로 만들어 버렸지. 다른 중국 각성자들도 마찬가지고. 레오는 아예 접어 버렸고, 루나는 뿅망치로 박살을 냈어."

나는 능글거리는 목소리로 말하며 순리를 바라보았다.

순리는 어느새 묵빛의 경갑을 걸치고 있었다.

어디선가 이야기를 들었는데, 순리의 별명이 '관우의 화신'이라고 한다.

그런 거 보면 중국 사람들 관우를 참 좋아한다.

물론 나도 어렸을 때 읽었던 삼국지의 인물 중에서 관우를 제일 좋아하지만, 솔직히 말해서 저놈을 관우의 화신으로 부르는 건…… 관우에 대한 모욕이 아닐까?

"딱 그게 너희 수준이지. 우리 교단이 이곳을 뭐라고 부르는지 알아?"

이능관리부에서도 부르는 별칭이 하나 있다.

나는 라파엘이 만들어 준 반지를 손에 끼면서 능글거리는 목소리로 말했다.

"중국의 무덤."

"네 이놈—!"

"오늘 무덤에 한 명 더 묻히겠네."

이 녀석을 이곳까지 끌고 오는 것은 그리 어려운 일이 아니었다.

적당히 자존심 좀 긁어 주고, 그럴듯한 베팅을 걸어 주고.

뭘 걸었냐고?

별거 없다.

—네가 대련에서 나를 이기면 천벌 2를 3백 발 양도해 주겠다.

마기 한정 최강 무기라고 할 수 있는 천벌 시리즈.

그 천벌 시리즈의 둘째, 천벌 2.

우리 교단에서 중국의 사태에 대비하여 열심히 비축하고 있는 천벌 시리즈를 판돈으로 걸었다.

라파르트 대주교가 이 이야기를 들었다면 깜짝 놀랐겠다만, 결국 최종 결정권자는 나다.

내가 하고 싶은 대로 하는 거지.

그리고 라파르트 대주교조차도 아까 전 이놈의 주둥아리에서 나온 소리를 들었다면 가만히 내버려 두지 않았을 것이다.

"사내대장부라면 말한 건 지키겠지."

"급하긴 한가 봐? 고작 미사일 몇 발에 눈 돌아가는 걸 보면, 대충 어떤 상황인지 보이네."

그래도 나름 정보력은 있나 보다.

순리는 천벌이 마기를 지닌 존재들에게 거의 쥐약과도 같다는 걸 알고 있었다.

이능관리부나 정부 내부에 여전히 중국의 정보원들이 숨어 있다는 뜻.

이번 일이 끝나면 유선호 장관에게 스파이들을 한 번 더 색출해 달라고 부탁해야겠다.

"자, 그럼 시작해 볼까?"

나는 가볍게 스트레칭까지 끝낸 다음, 활기찬 목소리로 말했다.

그러자 순리가 전신에서 청록색의 기운을 뿜어내면서 거세게 기세를 올린다.

"금방 끝내 주마."

저 녀석이 어떤 세계에서 왔는지, 어떤 힘을 지녔는지, 그딴 건 궁금하지 않다.

수준은 이미 눈에 보인다.

왕 웨이보다 조금 더 나은 정도.

다시 말해서 샌드백으로 쓰기에는 더할 나위 없이 적합한 인물이란 뜻이다.

서열 2위라.

아무리 봐도 실력은 서열 2위가 아닌 것 같은데 말이지.

그래도 마침 잘되었다.

"이번 기회에 테스트나 좀 하자."

안 그래도 요새 몸을 못 풀어서 욕구불만이 이만저만이 아니었는데, 이번 기회에 화끈하게 풀어 볼 생각이다.

라파엘이 선물해 준 '천망'의 성능을 테스트해 볼 좋은 기회기도 하고.

"나중에 약속은 꼭 지켜라."

내가 천벌 2를 베팅한 것처럼, 저쪽에서도 나름 먹음직스러운 걸 베팅했다.

내가 이기면 우리 교단은 평화 유지 명목으로 중국에서 활동할 수 있게 된다.

그뿐만이 아니라 활동에 소모되는 비용은 전액 중국 정부에서 부담하게 될 것이며, 우리 교단에 소속된 전투원들은 치외법권을 부여받게 된다.

한마디로 중국 땅에서 마음껏 날뛸 수 있게 해 준다는 뜻이다.

어떻게 보면 천벌 3백 발보다 훨씬 맛있는 조건.

중국에 전진 신전을 세우는 거? 더 이상 불가능한 이야기가 아니다.

나는 반지를 만지작거렸고, 곧 내 검은 사제복 위로 일명 '드래곤 슈트'가 덧입혀졌다.

그리고 곧바로 사출되기 시작하는 12기의 천망.

내 등 뒤에서 천망들이 일사불란하게 정렬했다.

"영광인 줄 알아."

이레귤러라면 딱 적당한 실험체지.

그리고 그때였다.

콰아아아아아아앙-!

순리가 먼저 공격을 시작했다.

30m 정도의 간격을 단숨에 좁히면서 찔러 오는 창.

창끝에서 청록색의 파동이 일렁거린다.

날카로운 일격.

하지만 나는 손가락 하나 까딱이지 않고 그 공격을 방어해 냈다.

끼드드드드득.

거대한 힘이 담겨 있던 창날을, 천망 네 기가 힘을 합쳐서 막아 낸다.

토비의 장인 정신이 갈려 들어간 천망은 거대한 에너지 앞에서도 거뜬하게 버텨 냈다.

방패 느낌으로 응용해 봤는데, 제법 괜찮은 것 같다.

"잔재주!"

그래도 이레귤러는 이레귤러.

순리는 순간적으로 창대에 에너지를 불어 넣으면서 천망으로부터 창을 빼냈고, 적당한 간격을 유지한 채로 공격을 이어 나갔다.

노련한 전투 운영이다.

내가 완전히 근접하는 걸 조기에 차단하겠다는 듯, 집요한 찌르기가 이어진다.

휘리리릭.

휙.

눈 깜짝할 사이에 이어진 수십 번의 창격.

대부분이 '드래곤 슈트'에 의해 차단되었지만, 그래도 총 세 번의 공격이 정확히 내 살을 갈랐다.

오른쪽 옆구리, 왼쪽 옆구리. 그리고 오른쪽 허벅지.

창이 훑고 지나간 자리에서 피가 흘러내리기 시작한다.

확실히 왕 웨이보다는 한 수 위다.

창끝이 요사스럽다고 부르기에 충분할 만큼 더럽다.

끝이 휘어 들어가는 느낌.

나는 상처 부근에서 흘러내리는 피를 바라보면서 입술을 핥았다.

순리의 에너지가 신성 보호를 순간적으로 뚫을 정도는 된다는 뜻.

하지만 딱 그게 끝이다. 한 방이 없다. 결정적인 한 방이 없는 공격은 그저 잔재주에 불과하다.

패시브 스킬 〈급속 회복 Lv. Max〉가 발동합니다.

스르르륵.

상처는 순식간에 아문다.

이깟 상처들은 흉터조차 남지 않는다. 이 정도로 흉터가 남았다면, 이미 내 전신에 흉터가 빼곡하게 들이찼어야만 한다.
까드드드득.
나는 기세를 올리던 순리의 창을 손으로 움켜쥐었다.
순리가 다시 한번 에너지를 방출하면서 나와 거리를 벌리려 했지만, 이번에는 내가 허락하지 않았다.
"창끝이 매콤하네. 마라탕이냐?"
"뭐?"
"그렇다면 나는 김치다. 한국인의 매운맛을 봐라."
"미친놈이 자꾸 뭐라고 지껄……."
"미친놈이니까 자꾸 지껄이는 거지."
재료의 상태를 대강 파악했으니, 이제 본격적으로 요리를 시작할 차례였다.

⁂

순리는 대한민국의 이레귤러 따위는 아무것도 아니라고 생각했었다.
서방 세계에서 인정을 받는다고 한들, 태산 같은 중국의 각 성자들에 비해서는 과대평가가 되었을 뿐이라고 생각했다.
왕 웨이를 패배시킨 것?
애초에 왕 웨이는 중국의 초월자, 그러니까 이레귤러들 사이에서도 가장 수준이 떨어지는 놈이었다.

그런 버러지 따위는 자신 역시 완벽하게 제압할 수 있을 것이다, 순리는 그렇게 생각했다.

쓸모가 있으니 내버려 뒀을 뿐.

그렇기 때문에 김시우의 힘은 그다지 위험한 수준이 아닐 것이라고 판단했다.

하지만 막상 김시우와 힘을 겨루어 보니 그 모든 것이 착각이었다는 것을 여실히 깨달을 수밖에 없었다.

'미친놈…… 미친놈이다.'

눈앞의 괴물은 고통 따위는 모르는 듯 보였다.

창을 녀석의 몸에다가 찔러 넣어도 눈 하나 깜짝하지 않았다.

상처를 꾸준하게 내면서 체력을 소진시키기라도 해야 하는데, 이 녀석은 아무리 찔러 대도 쓰러지지 않는다.

오히려 창에 찔릴 때마다 재밌다는 듯이 미소를 지을 뿐.

게다가 그뿐만이 아니었다.

"야, 너 팔 반대로 붙였다, 미안. 내가 오랜만에 팔을 붙이는 거라서, 이해 좀 하자?"

방금 전 김시우의 손에 의해 꺾여 버린 왼팔.

시간만 조금 있었다면 알아서 회복되었겠지만, 눈앞의 미친놈에 의해 문제가 생겨 버렸다.

뼈가 180도로 돌아간 상태로 붙어 버린 왼팔.

김시우에게 치유 능력이 있다는 정보는 한참 전부터 알고 있었다.
그러나 김시우가 이런 식으로 치유 능력을 사용할 줄은 예상조차 하지 못했다.
180도 돌아간 팔에서는 고통이 느껴지지 않았지만, 오히려 그렇기 때문에 치명적이었다.
잘못 붙어 버린 팔이 원상태로 돌아오지 않는다.
오른팔로 어떻게든 창을 잡고 있지만, 왼팔에 문제가 생긴 이상 창끝이 무뎌질 수밖에 없었다.
방법은 딱 하나.
거리를 벌려서 빠르게 팔을 다시 꺾어 맞추는 것.
순리는 기운을 담아 발을 구른 후, 재빠르게 뒤로 물러났다.
그리고 망설임 없이 오른팔로 자신의 왼팔을 꺾었다.
뚜둑.
"크으으."
입 밖으로 흘러나오는 신음을 애써 참았다.
이대로 조금만 버티면 팔이 원상 복구 될 것이다.
하지만 괴물은 그에게 시간을 줄 생각이 없었다.
"내가 기껏 치료해 줬는데, 자해를 하면 어떻게 하냐."
김시우가 거침없이 순리를 향해 쇄도했다.
순리는 떨리는 팔로 창을 휘둘러서 바람을 일으켰다.
날붙이와도 같은 바람.

철조차 끊어 버리는 예기를 지닌 바람이 순리의 주위를 휘감았다.

'시간을 조금만…….'

그는 바람이 김시우를 잠시나마 막아 주기를 기대했다.

10초.

딱 10초면 된다.

10초만 기다리면 팔이 정상으로 돌아올 것이다. 그리고 10초 뒤에 남은 힘을 끌어모아서 저 괴물의 가슴팍에 창을 찔러 넣으면 된다.

김시우가 인간인 이상, 심장을 뚫는다면 저 끔찍한 재생력도 사라질 것이다.

이번 기회에 대한민국의 이레귤러를 정리해 버리는 것도 나쁘지 않을 것이다.

대련 중에 일어난 사고.

왕 웨이가 대련 중 김시우에 의해 폐인이 되었듯이, 그 반대의 경우도 얼마든지 가능하다.

'방심을 틈타 한 번이면 된다.'

일격필살.

김시우를 지금까지 과소평가했던 건 사실이었지만, 전력이 담긴 일격이라면 충분히 목숨을 끊을 수 있을 것이다.

6초, 4초, 2초.

'거의 다 되었…….'

왼팔의 신경이 복구되어 가는 것이 느껴지던 찰나, 바람 틈으로 팔 하나가 불쑥 튀어나왔다.

공포 영화 속에서나 등장할 법한, 피로 범벅이 된 팔.

그 팔은 거침없이 순리의 멱살을 잡았다.

그리고 잠시 후, 바람 틈 사이로 섬뜩한 목소리가 울려 퍼졌다.

"잡았다."

순리는 그 팔을 내려다보면서 다급하게 외쳤다.

"잠깐만!"

"왜?"

"대인전은 내가 패배했다. 하지만 내 능력은 대인전보다는 거리를 둔 화력전에 특화되어 있다. 즉, 내가 전력을 다할 수 없는 상황이란 뜻이다."

군자보구 십년불만.

군자의 복수는 십 년을 참아도 늦지 않는다.

비록 지금은 치욕스러운 요청이었지만, 일단 이 상황을 회피해야만 했다.

원거리로 자웅을 겨룬다면, 그나마 할 만할 것이다.

몸으로 겪은 결과, 김시우는 대인전에 특화된 이레귤러.

화력전으로 끌고 간다면 충분히 승산이 있을 것이다.

패배를 한 번 인정해서일까?

김시우로부터 의외의 대답이 돌아왔다.

"화력전 좋지. 전력을 다해서 싸우는 거 나도 좋아해. 그렇게 하자."

김시우가 멱살을 풀었다.

그 모습을 본 순리가 입꼬리를 올렸다.

'멍청한 놈. 스스로 죽음을 자초하는…….'

하지만 순리는 곧 입을 다물 수밖에 없었다.

바람이 걷힌 후, 그의 눈앞에 펼쳐진 장면.

넓은 대련장 안을 셀 수 없이 많은 새하얀 창이 가득 채우고 있었다.

김시우가 반쯤 넋이 나간 순리를 향해 말했다.

"한국인만큼 화력에 미친 사람들도 없지. 기대해라."

"……아."

도망친 곳에 낙원은 없었다.

다시 북으로

대련이 시작된 지 10분 뒤.

역시, 인간의 생명력이란 경이롭다.

나는 자현이를 시켜서 가져온 감자칩을 먹으면서 순리가 깨어나기를 기다렸다.

그래도 이레귤러는 이레귤러였다.

바람을 일으켜서 성창을 48개까지 버텨 내더라.

다급하게 일으킨 그 '바람'이 아마도 녀석의 이능과 관련이 있는 듯 보였다.

만약 순리가 처음부터 거리를 두고 싸움을 이어 나갔다면 꽤 까다로웠을지도 모르는 일.

원거리 공격을 바람을 이용해서 방어하면서 내 틈을 노렸다면, 전투는 아예 다른 구도로 흘러갔을 것이다.

"끄으으으으."

순리가 쓰러진 지 한 15분쯤 지났을까?

내가 살짝 축복을 걸어 둔 덕분에 순리가 정신을 차렸다.

녀석은 힘겹게 몸을 일으켰고, 곧 과자를 먹고 있던 나와 눈이 마주쳤다.

시선이 마주친 순간 몸을 움찔거린 게 포인트다.

나는 순리를 향해 웃으면서 말했다.

"일어났어?"

"무슨 일이……."

"너, 납치된 거야."

"……뭐라고?"

"갑자기 옛날에 봤던 영화가 생각나네? 크라임 시티 시리즈라고, 6까지 나왔어. 시간 나면 한번 봐 봐. 6이 중국 상해 배경이니까."

어느새 감자칩을 전부 먹어 치웠다. 나는 감자칩 봉지를 고이 접어서 주머니에 넣은 다음, 가볍게 손을 털었다.

그리고 순리에게 말했다.

"약속은 지키기를 바란다."

"……너희가 중국에 진출하려는 이유가 도대체 뭐지? 너희는 그저 종교 단체일 뿐인데……."

"음."

이걸 어떻게 설명해 줘야 할까?
아, 그래. 그런 비유가 좋겠군.
"우리 집과 붙어 있는 큰 집에 불이 났어. 그 불을 가만히 내버려 두면 어떻게 될까? 우리 집까지 잡아먹겠지."
우리가 중국을 진출하려는 거?
솔직히 말하자면 중국을 도와주고 싶다거나, 불쌍한 사람들을 지켜 주고 싶다거나, 그런 이유라기보다는 사실 아주 단순한 이유였다.
정화자를 제때 제거하지 못하면 우리가 피해를 입는다.
그 단순한 논리.
지금까지 중국에 진입해서 정화자들을 토벌할 타이밍을 노렸고, 지금이야말로 그 적기라고 생각한다.
교단의 힘이 궤도 위에 올랐고, 동원할 수 있는 전력도 예전과 비교할 수 없을 정도가 되었으니까.
지금이 아니면 녀석들은 손쓸 수 없을 정도로 커질 것이다.
지구는 에덴보다 큰 세계.
이 큰 세계를 배경으로 마왕 놈들이 본격적으로 뻗어 나가기 시작한다면, 그때는 이미 늦었다.
"개소리를 하는군."
하지만 순리는 다른 뜻으로 받아들인 것 같다.
"한국을 먹었으니, 이제 다른 곳으로 영향력을 투사하려는 것 아닌가? 네 녀석 역시 결국 야망으로 가득 찬 놈에 불과하다."

분노가 담겨 있는 음성.

솔직히 어이가 없을 지경이다.

먼저 도발을 한 것도 저쪽이었고, 내 대결을 받아들인 것도 결국 저 녀석이었다.

그런데 도대체 뭐가 억울한 걸까?

나는 순리에게 다가가서 발로 녀석의 다리를 짓눌렀다.

"끄으으으윽."

"돼지 눈에는 돼지만 보이는 법이지. 우리가 한국을 먹어? 리멘 교단과 대한민국 정부는 상하 관계가 아니라 상생 관계다. 그리고 너 따위 새끼한테 우리의 관계를 평가해 달라고 한 적은 없어."

권력? 그따위 것에는 관심 없다.

내가 바라는 건 그저 내 사람들이 안전하고 행복하게 살아가는 것뿐.

"우리가 원하는 때, 우리가 직접 중국 땅으로 들어갈 거다. 반군이고 정부군이고, 그딴 건 상관하지 않아. 우리는 마기만 제거할 거다. 아, 그리고 한 가지 더. 우리 교단의 신도들을 탄압했다는 이야기가 들리잖아?"

우드드드득.

녀석의 허벅지 뼈를 발로 짓눌렀고, 순리의 얼굴이 고통으로 물들었다.

"그때는 진짜 각오하는게 좋아. 사실 나 오늘 화 많이 안 났거든. 우리 교단을 탄압했다는 이야기가 들리면…… 진짜 화난 게 뭔지 보여 줄게."

중국에서도 리멘 교단의 교세가 퍼져 나가고 있다고 했다.

이미 중국 진출의 명분은 충분하다.

정화자를 제거하고 중국 대륙에 평화를 가져다주는 것.

충분하고도 남는 명분이다.

더불어 합법적으로 교세를 확장시킬 수 있는 좋은 기회기도 하다.

내 말을 들은 순리가 이를 악물었다. 그리고 곧 신음을 참으면서 고개를 끄덕였다.

"……알았다."

"좋아, 그 자세를 앞으로도 유지하길 바란다. 협조까진 안 바라니 방해만 하지 마."

루나의 전진 신전 작전이 실체화되는 순간이었다.

하지만 그 전에 우리 역시 해결해야 할 문제가 있었다.

중국에 기생하는 정화자들을 제거하기 전에 반드시 거쳐야만 하는 단계.

잃어버린 땅.

그곳에 아직 남아 있는 정화자의 잔존 세력을 깔끔하게 해치워야만 했다.

나는 순리의 턱을 잡은 채로 슬며시 미소를 지었다.

"앞으로 잘 지내보자고."

이번 대련을 통해서 얻은 게 꽤 많은 것 같다.

곧 시작될 중국에서의 활동 비용은 전부 중국 정부에 청구하면 될 테고.

중국 정부에 달러가 많다던데, 그 달러를 이용해서 천벌이나 잔뜩 만들어야지.

"대답."

"……알겠다."

순순해서 좋다. 역시, 말 더럽게 안 듣는 놈들은 몇 대 쥐어박아 줘야 정신을 차린다.

물리력만큼 좋은 대화 수단이 또 없다니까?

⁂

나와 순리의 대련이 끝난 후, 다음 날 열린 2차 협상은 1차 협상과는 전혀 다른 방향으로 흘러갔다.

모든 분야에서 협력을 거절했던 순리는 몇 대 쥐어 터지고 나서야 부탁하는 사람의 자세를 취했다.

병력 지원 요청은 전혀 없었으나, 천벌 시리즈를 비롯하여 몇몇 군수물자에 대한 구매를 문의했다.

그 군수물자 목록에는 우리 교단의 물품들이 다수 포함되어 있었는데, 나는 교황의 권한으로 그 요청을 받아들였다.

판매 가격은 미국에 판매한 성수 가격의 1.5배.

중급 성수 같은 물품은 현재 우리도 쓸 게 부족하다.

축성소를 더 지어서 공급량을 늘려야 하는데, 이번에 일본에 신전을 만드느라 신성 점수가 빠듯한 상황.

합리적으로 채택된 가격이었다.

1.5배의 가격이라고 하더라도 시중에 유통되고 있는 치유 포션보다 저렴하다.

"확실히 인구에서 나오는 저력이 있습니다. 구매력이 상당하군요."

"돈은 많은 나라니까요."

신전의 집무실에서 2차 협상의 결과를 읽어 내려가던 라파르트 대주교가 흡족한 표정으로 고개를 끄덕이고 있었다.

나는 라파르트 대주교를 바라보면서 말했다.

"린 타오 형제가 상해에 있지 않습니까?"

시연이를 쫓아다녔다가 라파르트 대주교에 의해 광신도로서의 삶을 시작한 린 타오.

중국과 일이 생기니 문득 그 사람의 이름이 떠올랐다.

"예."

"연결 가능합니까?"

"가능합니다. 연결하도록 하겠습니다."

라파르트 대주교는 능숙하게 태블릿 PC를 조작했다.

나이가 들면 신문물에 약해진다는 고정관념은 사실 라파

르트 대주교에게는 적용되지 않는다.

루나의 말에 따르면 라파르트 대주교가 자신보다 기계를 잘 만진다던데, 그게 진짜 사실인 것 같다.

"연결되었습니다."

라파르트 대주교는 화상 통화를 켠 다음, 나에게 태블릿 PC를 건네주었다.

태블릿 PC의 화면으로 보이는 린 타오의 얼굴.

반삭을 한 상태라서 그런가, 이제는 좀 사제 같은 느낌을 준다.

-리멘의 자비가 있기를! 교황 성하, 죄 많은 린 타오가 교황 성하를 뵙습니다!

"잘 지내고 있습니까, 린 타오 형제."

-성하께서 언제나 신경을 써 주신 덕분에 항상 잘 지내고 있습니다!

……사실 크게 신경을 쓰고 있지는 않은데.

나는 어색하게 웃으면서 말을 이어 갔다.

"그곳의 상황은 어떻습니까?"

-좋지 않습니다. 산발적으로 전투가 이어지고 있습니다. 라파르트 대주교께서 선교 자금을 지속적으로 보내 주셨지만, 그 선교 자금이 모두 구호 자금으로 소모되고 있습니다. 민간인 부상자도 많고…… 혼란스러운 상황입니다.

린 타오가 상해의 상황을 찍은 사진을 몇 장 보내 주었다.

폐허가 되어 버린 주택, 반쯤 무너진 빌딩.

전장의 한복판이라고 해도 과언이 아닌 상황인 듯 보였다.

—다행스럽게도 교단에 투신한 형제자매님들 덕분에 구호는 큰 문제 없이 이어지고 있습니다.

"그곳의 신도 규모가 어느 정도입니까?"

—상황이 상황인지라, 정확한 집계가 어렵습니다. 제가 추정하기로는…… 15만 명쯤 되는 것 같습니다. 죄송합니다.

"뭐가 죄송해요?"

—기대하시는 것만큼의 신도를 모으지 못했습니다. 제 남은 인생을 포교에 바치겠습니다.

본격적으로 포교를 시작한 지 얼마 안 되었는데 벌써 15만 명이라.

어쩐지.

요새 신성력이 가파르게 오르는 것 같더라.

진짜 인구수는 무시 못 한다.

"정화자들의 움직임은?"

—반군들을 비밀리에 후원하고 있을 뿐, 전면에 나서지 않고 있습니다. 상해의 근거지를 다른 곳으로 옮긴 듯합니다.

내륙으로 들어갔다는 건, 그 녀석들 역시 우리를 의식하고 있다는 뜻이다.

미국 측에서도 정화자들을 추적하는 걸 반쯤은 포기한 상황.

결국, 정화자를 박살 내려면 그 넓은 땅을 꼼꼼하게 수색하는 수밖에 없다는 뜻이다.

—현재 상하이 내부에서 벌어지는 전투는 정부군과 정화자의 후원을 받은 반군 사이의 전투입니다. 그런데 전투 양상이 뭔가 좀 이상합니다.

린 타오는 한때 중국의 각성자로서 첩보 활동을 이어 나갔던 인물.

그런 그가 이상함을 느꼈다면, 뭔가 있을 가능성이 높았다.

그래서 나는 그의 말을 더 들어 보기로 했다.

"전투 양상이 이상하다는 건 무슨 뜻입니까?"

—그게…… 보통 반군을 토벌하는 형태로 전투가 진행되어야 하는데, 그렇지가 않습니다. 마치 무언가를 두고 서로 싸우는 것 같은…….

그 말을 듣자 아까 순리가 해 줬던 말이 떠올랐다.

중국 정부가 비난을 감수하고 상해에서 전투를 벌였던 이유.

상해에 특이한 던전이 생성되었다고 한다.

입구부터 최상급 마정석이 널려 있는 특이한 던전.

중국 측에 있는 예지 능력자들에 의하면, 그 던전의 보상이 내전의 양상을 뒤바꿀 것이라고 했다던가?

그래서 그 던전을 두고 전투를 이어 나가고 있다고 한다.

그 말을 듣고 참 미련한 짓이다 싶었다.

무슨 보상을 줄지도 모르는 던전을 위해서 셀 수 없이 많은 민간인들을 희생시킨 셈이니까.

나는 손으로 턱을 쓸었다. 그리고 잠시 고민을 한 다음, 고개를 끄덕이며 말했다.

"추가 인력을 파견해 드리겠습니다."

–추가 인력이라고 하신다면…….

"구호 활동 및 첩보 활동을 지원할 수 있도록 파견단을 꾸리겠습니다."

이미 중국 측과는 이야기가 끝났다.

상해를 거점으로 포교가 진행 중이었으니, 거점 역시 그곳에 마련하는 것이 최선책일 것 같다.

신전을 건설할 만한 자리를 탐색해야 할 테니 최소 교단의 간부급 하나를 보내야겠다.

덤으로 첩보 활동을 도와줄 이은택 씨도 포함시켜야겠고…… 이래저래 손이 많이 갈 수밖에 없다.

레오나 루나, 둘 중에 한 명은 보내야겠는데.

그건 나중에 회의를 통해서 한번 정해 봐야겠다.

–교황 성하께서 이리 저희를 신경 써 주시니 몸 둘 바를 모르겠습니다.

"리멘의 품 안에서는 모두가 형제 아니겠습니까?"

누누이 말하지만 나는 중국을 좋아한다.

그래서 항상 여러 개로 나뉘기를 빌었다.

그 소원이 실현되고 있으니, 이제는 내가 그 좋아하는 중국을 위해 무언가를 해 줄 때가 된 것 같다.

이번 기회에 교세를 좀 공격적으로 확장해야지.

한일 관계도 화해 무드로 만든 우리 교단이다.

한중 관계도 가능하지 않을까?

이를테면…….

―리멘님을 믿는 중국인은 좋은 중국인, 믿을 만한 중국인! 교황 성하의 조국에 계시는 분들께서 그리 생각할 수 있도록 노력하겠습니다.

……그래, 저런 느낌.

린 타오도 첩보원 출신이라서 그런가? 내가 무엇을 원하는지 잘 알고 있다.

그리고 실제로 그렇게 되었으면 좋겠다.

리멘은 모두를 평등하게 대우하는 신이거든.

서로가 서로를 존중해 주는 세상을 만든다면, 분명히 리멘은 기뻐할 것이다.

그렇게 린 타오와의 통화는 끝이 났고, 나는 태블릿 PC를 라파르트 대주교에게 돌려주었다.

중국과의 외교, 정치 문제는 어느 정도 정리가 되었지만, 아직 큰 게 하나 남았다.

"신성 점수랑 성유물."

신전을 세우고 안정화시키기 위해서 반드시 필요한 두

가지.

신성 점수와 성유물.

이 두 가지를 어떻게든 얻어 와야만 하는…….

돌발 퀘스트가 발생합니다.
던전 퀘스트 〈얼굴 없는 자들의 미궁〉을 시작할 수 있습니다.
퀘스트 시작 지점은 〈평양〉이며, 퀘스트 보상으로 〈신성 점수 3만 점〉과 〈무작위 성유물〉이 주어집니다.
퀘스트를 수락하시겠습니까?

마치 이 순간을 기다렸다는 듯, 마침 두 가지가 필요하던 나에게 시스템이 떡밥을 던졌다.

이 기회주의자 같은 놈.

⁂

평양으로 향하는 절차는 너무나도 간단했다.

유선호 장관에게 문의했고, 나는 다음 날 곧바로 평양으로 향할 수 있었다.

헬기를 타고 곧장 도착한 평양.

몬스터들이 드글드글한 도시를 생각했는데, 도착한 평양은 생각과는 달랐다.

"반갑습니다. 평양 임시 주둔지의 지휘를 맡고 있는 김대철 준장이라고 합니다."

임시 착륙장이 마련되어 있는 꽤 넓은 크기의 전초기지.

주위에는 군복을 입은 병력과 이능관리부 소속의 각성자들이 돌아다니고 있었다.

"유선호 장관님께 미리 전달받았습니다. 방문하신 걸 환영합니다. 모시게 되어 영광입니다, 김시우 교황님."

나를 맞이해 준 김대철 준장은 정중하게 악수를 권했고, 나는 그의 손을 맞잡으면서 미소를 지었다.

"고생이 많으십니다."

"고생은 저희 장병들이 하고 있습니다."

"제가 또 군필자라서 그 노고를 잘 알죠."

슬쩍 둘러보니 이곳에 동원된 군인들 대부분이 공병들이었다.

개성에 이어 평양에도 거점을 만들기 위해 부지런하게 움직이고 있는 군인들.

개성 전초기지는 이곳에 거점을 마련하기 위한 과정에 불과했을 뿐이다.

나는 고개를 끄덕인 다음, 나를 따라 헬기에서 내린 내 동료들을 그에게 소개해 주었다.

오늘 내가 이곳에 데려온 내 동료들은 총 세 명.

루나, 설화 그리고 자현이.

김대철 준장은 루나와 설화에게도 깍듯이 인사를 건넸고,

곧이어 자현이와도 반갑게 악수를 나누었다.

"대한민국의 새로운 이레귤러, 천자현 각성자님. 이렇게 만나 뵙게 되어 기쁩니다."

오늘 아침, 자현이에 대한 대대적인 보도가 이루어졌다.

〈(속보)대한민국, 두 번째 이레귤러를 보유하게 되다.〉

〈새로운 이레귤러 천자현!〉

〈김시우가 인정한 이레귤러〉

〈정부의 북진 작전, 탄력을 받게 되나?〉

당연히 대한민국은 난리가 났다.

나에 이은 또 다른 이레귤러.

지금 이레귤러가 사회에서 어떤 영향력을 지니고 있는지 생각한다면 당연히 파급력이 클 수밖에 없었다.

대한민국 사람이라면 흥분할 수밖에 없는 소식.

오늘 아침, 우리가 신전에서 출발하기 전에 얼마나 많은 대형 길드 스카우터들이 달려들었던지.

그래서 어떻게 되었냐고?

그 스카우터들 전부가 나랑 눈 마주치자마자 도망가더라.

"반갑습니다, 김대철 준장님!"

"앞으로 잘 부탁드리겠습니다."

"저야말로 잘 부탁드리겠습니다!"

그래도 기합이 바짝 들어 있어서 보기 좋다.

자현이가 귀환한 덕분에 이제 내가 할 일도 많이 줄어들 테고, 사실상 넝쿨째 굴러 들어온 복덩이다.

얼추 급한 일이 정리되면 나 역시 가족들과의 시간을 더 많이 누릴 수 있게 될 것이다.

그 전까지 아주 잘 교육해야지.

그렇게 해서 우리 일행과 인사를 나눈 김대철 준장은 웃으면서 나에게 말했다.

"타깃 지점을 확보해 두었습니다. 제가 직접 안내하겠습니다. 이곳에서 그리 멀지 않습니다."

"예, 이동하시죠."

김대철 준장의 안내를 받아 이동을 시작했다.

지나가면서 참 많은 이의 경례를 받았다.

공사 장비를 운용하고 있는 병사들도 나를 향해 예의를 차리더라.

"김시우 교황님께서 함흥의 북쪽에 위치한 요새를 토벌하신 이후, 몬스터들의 탈출이 시작되었습니다."

김대철 준장은 나에게 현 상황에 대한 간략한 브리핑을 시작했다.

"본래 평양 인근에 서식지를 둔 몬스터들이 많았지만, 최근 일주일간 대부분이 북쪽으로 북상하고 있습니다."

김대철 준장은 그렇게 말하며 나에게 영상 하나를 보여 주었다.

정찰용 헬기를 통해서 촬영한 듯한 영상.

영상 속에서는 다양한 종류의 몬스터들이 경쟁하듯 달리고 있었다.

"지휘관을 잃은 채로 패주하는 모습 같네요."

"그렇습니다. 원래 주 1회 정도 꾸준히 주위를 토벌해야 했지만, 일주일 동안 근처에서 몬스터들의 활동이 포착되지 않고 있습니다. 덕분에 기지 건설 작업이 수월하게 이루어지는 중입니다. 도로 작업도 마찬가지구요."

이야기는 익히 들었다.

개성-평양 간 고속도로의 복구.

몬스터들이 중요 인프라를 아예 아작 낸 상태에서의 공사라서 시간이 많이 소요될 것이라 예상되었지만, 마법을 사용하는 플레이어들이 대거 동원된 덕분에 건설 속도가 놀라울 정도라고 한다.

일본에서 상당수의 마법 계열 플레이어를 파견해 주기도 했고, 테러와의 전쟁으로 정신없을 미국 역시 마찬가지였다.

뭐, 그들이 정말 호의만으로 돕고 있는 건 아닐 것이다.

대한민국이 빨리 이북 지역의 통제권을 되찾고, 중국의 내전에 개입하는 상황을 기대하는 것이겠지.

하지만 뭐 어때?

이용할 수 있으면 이용하는 게 베스트.

덕분에 작업 속도가 빨라졌으니 대한민국 정부로서는 나쁠 게 없었다.

"평양 서쪽에 위치한 구 남포 지역의 항구도 동시에 복구할 예정입니다."

"디멘션 오프닝 이래로 최대의 건설 사업이라죠?"

"그렇습니다. 민간인 노동자들이 들어오기 전, 이 일대를 확실하게 통제하는 것이 현재 저희 군의 우선 목표입니다."

그래도 대한민국이 빠르게 변화하고 있다는 게 몸으로 느껴진다.

북진 작전으로 인해서 어마한 양의 예산이 갈려 들어가고 있으나, 현 정부의 지지율은 하늘을 찌르고 있는 상황.

정부로서도 신이 나서 일을 진행할 만하다.

난 천천히 고개를 끄덕인 다음, 김대철 준장에게 말했다.

"이곳에도 리멘 교단의 사제들을 파견하도록 하겠습니다. 공사 중에 사고가 날 수도 있겠네요."

보니까 앳된 얼굴의 병사들도 꽤 있었다.

위험한 땅에서 목숨을 걸고 작업을 하는 병사들인데, 뭐라도 챙겨 주고 싶었다.

내 말에 김대철 준장이 고개를 숙이면서 감사를 표했다.

"저희 장병들을 생각해 주셔서 정말 감사합니다."

"진작에 챙겨 드렸어야 했었는데, 도리어 제가 죄송하죠."

이 풍경을 보고 있으니 참 많은 생각이 든다.

지금 이 시간에도 내가 모르는 곳에서 열심히 노력하고 있는 사람들이 셀 수도 없이 많겠지.

누군가는 국가를 위해, 또는 친구를 위해. 그리고 가족들을 위해.

누가 알아주지 않더라도 묵묵히 노력하는 사람들.

그런 이들을 위해 작은 무언가를 해 주는 것쯤은 전혀 아깝지 않다.

나는 나를 향해 경례를 하는 장병들에게 웃으면서 손을 흔들어 주었는데, 갑작스럽게 장병들이 환호성을 내질렀다.

그게 무슨 일인고 하니.

"군인 오빠들 파이팅! 야, 설화야, 너도 좀 보태 봐."

"힘내세요!"

내 뒤에서 따라오고 있던 루나가 장병들을 향해 윙크를 비롯한 온갖 팬 서비스를 해 주고 있었던 것이다.

좋아해서 다행이다.

그래도 정확하게 짚고 넘어갈 건 짚고 넘어가야지.

"루나야."

"네에, 성하."

"설화는 몰라도, 너는 오빠라고 부르면 안 될 것 같은…… 너 그러다가 철퇴로 사람 치겠다?"

"못 칠 것도 없죠."

아무튼.

그렇게 모두가 환영해 주는 분위기 속에서 마침내 우리는.

"도착했습니다, 김시우 교황님."

"이야."

목적지에 도착할 수 있었다.

기지의 외부에 생뚱맞게 파여 있던 거대한 구덩이.

그리고 그 중앙에서 스물스물 움직이고 있는 검은색의 촉수들.

"오늘 새벽 4시경, 정찰조가 발견한 구덩이입니다."

"따끈따끈한 녀석이네요."

나는 김대철 준장의 설명을 들으면서 고개를 끄덕였다.

그리고 잠시 후, 내 눈앞에 메시지 창 하나가 떠올랐다.

> 퀘스트 시작 지점에 도달하였습니다.
> 어비스 던전의 사이한 기운이 느껴지기 시작합니다.

저것이 오늘 우리의 목적지인 어비스 던전의 입구였다.

❧

"그럼 무운을 빌겠습니다."

우리를 이곳까지 안내해 준 김대철 준장은 마지막까지 정중하게 인사를 한 다음, 병사들과 함께 뒤로 물러섰다.

이제 여기서부터는 우리의 몫.

루나는 꿈틀거리는 검은색 촉수를 향해 돌덩이를 던지면서 말했다.

"기분 나쁘게도 생겼네."

"동감."

비주얼만으로 혐오감을 불러일으키는 게 참 쉬운 일이 아닌데. 나는 구덩이에서 자꾸만 꿈틀거리는 검은색 촉수를 바라보면서 눈살을 찌푸렸다.

라파엘을 데리고 왔으면 아주 좋아 죽었을 것 같다.

라파엘이 오늘 무슨 일생일대의 실험이 있다면서 잠시 자리를 비운 게 다행이라고 해야 하나?

그 사람이었다면 침을 질질 흘리면서 측정하고 있었겠지.

"그런데 저기에는 어떻게 들어가야 하나?"

일단 이곳에 도착해서 갱신된 퀘스트의 내용은 다음과 같다.

[얼굴 없는 자들의 미궁]
●종류: 서브 – DLC
●설명: 당신은 한때 〈평양〉이라고 불리던 곳에 생성된 어비스 던전을 발견했습니다. 이곳에 당신의 격을 높여 줄 무언가 있을지도 모릅니다.
●**완료 조건** : 〈얼굴 없는 자들의 미궁〉 클리어.
●**보상** : 신성 점수 3만 점, 〈무작위 성유물〉
***경고** : 본 퀘스트는 일정 수준의 격에 도달한 이들에게만 주어진 퀘스트입니다. 당신이 이 퀘스트를 수행하지 않을 경우, 끔찍한 재앙이 일어날지도 모릅니다.

목적지에는 제대로 도착한 셈인데, 입구가 살짝 불친절하다.

검은색 촉수를 제외하고서는 이렇다 할 특이 사항이 보이지 않는다.

저 촉수를 제거해야 들어갈 수 있는 걸까?

어비스 던전이라고 하면 이계와 연결되어 있다는 소리인데, 확실히 저 검은색 촉수는 지구상에 존재하는 건 아니다.

여태까지 보았던 지구의 고대 신이라는 놈들.

그놈들에게서 느꼈던 불쾌한 신성력이 느껴지고 있었다.

나는 그 촉수를 슬쩍 바라보면서 잠시 머리를 굴렸다.

이곳 어딘가에 어비스 던전으로 들어가는 입구가 있다는 소리인데, 그 어디에도 입구가 보이지 않았다.

그렇다면 저 촉수와 입구가 관련이 있는 것 같은데, 이럴 땐 아주 좋은 방법이 있다.

화르르륵.

곧바로 건틀릿을 장착해서 성화를 피워 올렸다.

그러자 옆에서 촉수를 구경하고 있던 루나가 물었다.

"성하, 뭐 하시게요?"

"뭐라도 해 봐야지."

촉수를 치우면 문이 드러나지 않을까 싶었다. 그래서 나는 곧바로 불덩이를 검은색 촉수를 향해 날렸다.

콰아아아아아앙-!

검은색 촉수와 충돌한 새하얀 불덩이가 거대한 폭발을 일으켰다.

일반적인 물질이었으면 잿더미로 변했을 만큼의 폭발.

그러나 결과는 내가 기대했던 것 이하였다.

촤르르르르르륵.

도리어 두꺼워지는 검은색 촉수.

예전에도 느꼈지만, 확실히 내 신성력은 저 불쾌한 신성력에 그다지 효과적이지 않은 것 같다.

여전히 멀쩡한 검은색 촉수.

그 장면을 옆에서 지켜보고 있던 설화가 마력을 끌어올리면서 말했다.

"오빠, 내가 한번 해 볼게."

"그래 볼래?"

최근 들어 실력이 부쩍 성장한 설화.

설화는 곧바로 수십 개의 얼음창을 생성하더니, 검은색 촉수를 향해 무자비하게 꽂아 버렸다.

하지만 촉수는 여전히 멀쩡한 모습.

뒤를 이어 자현이 역시 검을 소환해서 검기를 날렸지만, 촉수에 별다른 타격을 주진 못했다.

"튼튼하네."

원거리에서 어떻게 하는 건 불가능한 것 같고.

내가 그 촉수를 보면서 턱을 쓰다듬자, 설화가 나를 바라보면서 말했다.

“예전에 봤던 그 촉수랑 비슷한데, 그때는 오빠가 손으로 찢어 버렸잖아.”

“그랬지.”

“이번에는 안 되는 거야?”

“그때보다 신성력이 훨씬 짙다. 애초에 나랑 상성이 좋은 편도 아니고…… 네 말대로 손으로 직접 찢어 봐야 하나?”

그때, 자현이가 의견을 제시했다.

“형님, 촉수를 제거하는 게 정답이 아닐지도 모릅니다.”

“응?”

“자동문 같은 개념일 수도 있습니다. 저 촉수로 다가가면 뭔가 변화가 있을지도 모릅니다. 기관진식 중에서 접근하면 모양이 변화하는 것들이 있는 것처럼, 저 녀석 역시 그렇지 않을까요?”

기관진식이라고 한다면 함정과 비스무리한 건데, 제법 그럴듯한 추론이다.

“그러니까 네 말은 자동문일 수도 있다?”

“지구 최강이신 형님의 힘으로도 파괴하지 못했다면, 충분히 그럴듯한…….”

그 와중에 아부를 빼놓지 않는 자현이.

아부와는 별개로 꽤 그럴듯한 추론이었다.

나는 씨익 미소를 지으면서 자현이의 등 뒤로 걸어갔다.

"확실히 그럴듯해."

"그렇습니까? 그런데 왜 제 뒤로……."

"확인은 한번 해 봐야지."

"예?"

툭.

자현이의 등을 슬쩍 밀었고, 자현이는 눈을 둥그렇게 뜬 채로 나를 바라보았다.

그러나 그것도 잠시.

자현이의 몸은 결국 중력에 이끌려 검은색 촉수를 향해 낙하하기 시작했다.

"야 이 개새-."

자현이가 나를 향한 욕설을 완성시키도 전에.

파아아아아앗-.

검은색 촉수로부터 뿜어져 나온 검은색 빛이 자현이의 몸을 집어삼켰다.

나는 그 모습을 바라보면서 고개를 끄덕였다.

"이렇게 들어가는 게 맞나 봐. 우리도 따라 들어가자."

"네, 성하."

"응."

자현이를 데려오기 잘했단 생각이 든다.

역시, 선발대로는 튼튼한 이레귤러가 제격이지.

난 나머지 동료들과 함께 촉수를 향해 가볍게 뛰어내렸다.

어비스 던전 〈얼굴 없는 자들의 미궁〉에 입장하셨습니다.
던전의 폭주까지 남은 시간 〈?@!#@@@〉
폭주 전까지 던전을 클리어하십시오.

던전은 이름값을 제대로 했다.

입장하자마자 우리를 반긴 것은 거대한 문.

어비스 던전의 특징이라고 한다면, 던전 자체가 아예 다른 세계에 위치해 있다는 거다.

지난번에 최 대표가 고립되었던 어비스 던전과 마찬가지로 말이다.

"중국으로 가기 전에 성하와의 마지막 데이트네요."

루나는 슬쩍 철퇴를 꺼내면서 중얼거렸다.

중국에 임시로 파견되는 간부는 루나로 정해졌다. 레오는 아직 서울에서 이단심문관을 육성해야 했기에 사실상 선택지가 없었다.

나는 루나의 너스레를 들으면서 고개를 끄덕였다.

"운만 좋으면 중국에도 임시로 성지를 만들어 줄 수 있어."

"전진 신전 전략, 그거 히트라니까요?"

"어디까지나 가능성일 뿐이야."

이곳에서 획득하게 될 〈무작위 성유물〉이 성지의 코어가 될 만큼 강력한 성유물이라면, 루나가 주장했던 '전진 신전'은 충분히 실현 가능한 전략이 될 것이다.

중국에다가 통로를 뚫는 건 향후 교단의 전략에 있어서 큰 이점으로 작용하게 될 것이다.

뭐, 어디까지나 운이 좋아야겠지만 말이지.

이번 던전을 클리어하면서 얻게 될 〈무작위 성유물〉이 성지의 중심을 잡아 줄 만큼 큰 놈이여만 한다.

결국은 운이다.

그동안의 내 운을 생각해 봤을 때는…… 잘하면 될지도?

그나저나 자현이의 상태가 심상치 않다.

"자현아."

"……예."

"표정 왜 그래?"

내가 아까 툭 밀어 버려서 그런가, 얼굴 가득 심통이 나 있었다.

좀 풀어 줘야 할 필요가 있겠네.

나는 녀석의 어깨 위에 팔을 두른 다음, 은근한 목소리로 말했다.

"자현아."

"예, 형님."

"잘하자."

슬쩍 팔에 힘을 줬다.

그러자 자현이가 몸을 움찔거리더니, 곧 활짝 웃으면서 고개를 끄덕였다.

"예!"

"그래, 말 잘 들으니까 좋네."

"자현아, 나는 네가 그렇게 앞장서서 길을 개척할 줄은 몰랐어. 내가 생각했던 것보다 훨씬 화끈하더라. 반할 뻔했다니까?"

"그, 그렇습니까, 누님?"

"어, 멋있던데?"

"열심히 하겠습니다!"

자현이의 한 가지 특징을 알게 되었는데, 그것은 이 녀석이 여자를 굉장히 좋아한다는 점이다.

미친놈들은 미친놈들끼리 통한다고, 루나와 아주 빠르게 친해지고 있는 자현이.

아까 헬기에서는 설화에게도 말을 걸더라.

물론 루나와 달리 설화는 쌀쌀맞은 목소리로 대화를 차단해 버렸다.

뭐라고 했더라? '말.걸.지.마.'였던가?

나는 자현이를 비행기 태워 주는 루나를 바라보면서 피식 미소를 지었다.

루나가 저런 거 하나는 잘한다니까.

"좋아, 슬슬 들어가 볼까."

나는 천천히 거대한 문을 향해 다가갔다.

미궁의 문 가운데에는 큼지막한 검은색 보석이 박혀 있었는데, 그 보석을 중심으로 아까 전에 본 검은색 촉수가 곳곳으로 뻗어 나간 상태다.

마치 문을 잠식한 듯한 모습이었다.

그 문의 앞에는 기괴한 생김새의 언어로 만들어진 문장이 적혀 있었다.

"흠."

내가 그 문장을 살펴보고 있을 때쯤, 어느새 내 옆에 붙은 설화가 말했다.

"지구의 언어는 아닌 것 같네."

"그러게. 한 가지 확실한 건 있어."

"뭔데?"

"한글은 아니야."

"……진지해지면 안 될까?"

"가벼운 마음으로 왔는데, 유들유들하게 가자고."

내 머릿속에 존재하는 언어는 분명 아니었지만, 저 문장을 이해하는 건 어렵지 않았다.

손을 가져다 대자마자 머릿속에 울려 퍼지는 불쾌한 신탁.

네 자격을 증명하라.

그때 〈죽은 것들의 요새〉에서 들었던 목소리와는 사뭇 다른 목소리.

하지만 분명한 것은 그것 역시 신탁이라는 것.

나는 눈살을 찌푸렸다.

"자격을 증명해라? 방법이라도 알려 주든가."

여기까지 온 이상 돌아갈 수는 없었다.

아니, 돌아가지도 못한다.

이곳을 클리어하지 못하면 한반도에 큰일이 일어난다는 협박 문자를 보고도 어떻게 돌아가?

그리고 무엇보다.

"주변에 출구는 없어."

입구가 일방통행이다.

클리어하기 전까지 나갈 수 없다는 암묵적인 룰이라도 있는 듯, 미궁으로 향하는 거대한 문을 제외하고선 그 어디에도 출구가 없었다.

"문제는 문을 어떻게 여냐는 건데. 설화야, 어떻게 여는 것 같냐?"

"자격을 증명하라고 했다면…… 뭔가 장치가 있지 않을까?"

"장치라."

하지만 아무리 찾아도 장치는 없었다.

그렇게 얼마나 시간이 지났을까?

인내심이 그리 길지 못했던 자현이가 검을 뽑으면서 말했다.

"그냥 베어 버리겠습니다."

우우우우웅-.

자현이의 검이 공명하기 시작했고, 곧이어 보라색의 기운이 자현이의 검에 서렸다.

자현이는 그것을 검강이라고 부른다.

내공을 통해서 만들어 내는 일종의 칼날이라고 하던가?

사르르르륵-.

자현이의 검이 거대한 문의 윗부분부터 아래까지 깔끔하게 양단했다.

어마어마한 절삭력.

"베었……."

자현이가 웃으면서 중얼거리려고 할 때, 문에서 변화가 일어났다.

좌르르르르륵-.

검은색 보석으로부터 뻗어 나온 촉수가 문이 반으로 갈라지는 것을 붙잡아 버린 것이다.

그리고 잠시 후, 문은 언제 그랬냐는 듯이 처음의 상태로 되돌아갔다.

자현이는 그 모습을 보면서 작게 미간을 찌푸렸다.

"이 방법도 아닌가 본데요?"

"음."

나는 자현이의 말을 들으며 가볍게 몸을 푼 다음, 문을 향해 다가가며 말했다.

"자현아."

"예?"

"아직 너는 갈 길이 멀었다."

온몸의 힘을 끌어올린 후, 냅다 오른손으로 문을 후려쳤다.

콰아아아아아아아아아아아앙—!

그러자 산산조각 나 버리는 문.

검은색 촉수?

그딴 건 딱히 상관없었다.

촉수가 문을 복구시키기 전에 먼지가 되어 흘러내리는 미궁의 문.

나는 피식 웃으면서 자현이를 쳐다보았다.

"하체 운동을 더 해. 하체가 부실하더라."

"……예."

좋아, 그럼 이제 들어가 볼까?

⁂

미궁이란 무엇인가?

보통 미궁이라고 한다면, 들어가면 쉽게 나갈 수 없도록 만들어진 곳을 의미한다.

한번 빠지면 쉽게 나올 수 없는 구조.

거기에다가 흉악한 괴물을 더해 준다면, 그것이야말로 완벽한 미궁이라고 할 수 있다.

콰지지지직-.

그런 의미에서 봤을 때 이곳은 미궁이라는 이름이 더할 나위 없이 어울리는 장소였다.

"끝도 없네, 끝도 없어."

나는 얼굴 없는 괴물들의 머리를 발로 짓이기면서 툴툴거릴 수밖에 없었다.

미궁에 들어온 지도 벌써 2시간째.

루나의 시계가 아니었다면 시간이 얼마나 흘렀는지조차 몰랐을 뻔했다.

"이래서 기계식 시계를 착용하는 거죠. 내가 이거 안 차고 왔으면 어쩔 뻔했어요?"

"손목에 차 한 대 가격을 두르고서 할 말은 아닌 것 같은데? 그러다가 시계 박살 나면 어쩌려고?"

"그럴 것 같아서 성수로 축성도 해 뒀고, 신성력으로 보호하고 있어요."

"참 힘들게 산다."

"낭만이지, 낭만."

루나는 철퇴에 묻은 피를 대충 괴물의 몸에다가 닦아 냈다.

인간 형태의 괴물.

지난번 최 대표를 구하러 갔을 때 마주했던 그 괴물들과는 복장부터가 다르다.

딱 봐도 예복으로 보이는 복장들.

나는 바닥에 굴러다니는 천 조각을 집어 들었다.

“사제들인 것 같지?”

저 괴물들로부터 느껴지는 불쾌한 신성력.

그 신성력은 우리가 입구에 들어오면서부터 느꼈던 그 신성력과 동일했다.

내 말에 루나는 철퇴를 어깨 위에 올리면서 고개를 끄덕였다.

“예. 아까 애네 치유 능력 사용하는 것도 보셨죠?”

“아무리 생각해도 이쪽 놈들은 우리가 상대하기에는 좀 별로다.”

“그렇긴 해요. 차라리 마기가 더 속 편하죠. 그나저나 자현이 데려오길 잘했어요. 이레귤러는 이레귤러네요.”

루나는 턱짓으로 자현이가 전투를 벌이고 있는 쪽을 가리켰다.

그곳에서는 자현이가 검을 쥔 채로 전투를 이어 나가고 있었다.

자현이의 전투 방식은 우리와 완전히 달랐다.

우아하다는 표현이 더할 나위 없이 어울리는 전투.

녀석의 검이 희미한 빛을 받으며 빛이 난다. 그리고 조용하게 춤을 춘다.

그 검은 쓸데없이 화려하지 않다.

극한으로 절제된 검으로 적을 궁지에 몰아넣고, 결정적인 순간에 여지없이 힘을 폭발시키며 목숨을 끊는다.

절제되었으나 폭발적인 검.

절제, 폭발.

서로 극단의 성질임에도 불구하고 그 두 가지의 성질이 녀석의 검에 고스란히 살아 숨 쉬고 있다.

그러니 당연히 우아하게 느껴질 수밖에.

“마음 같아서는 에덴으로 납치해 가고 싶네요. 검술 교관으로 딱일 것 같잖아요.”

“굳이 에덴으로 납치해 갈 필요 있겠어?”

“예?”

“1기, 2기 교육생들에게라도 가르쳐 주면 되지. 검을 주무기로 선택한 교육생들도 꽤 많잖아?”

에덴의 검수들조차도 따라갈 수 없는 완전무결한 검격.

천마에게 사사했다는 놈답게 검 하나는 제대로구나.

역시, 무기술은 무림인가?

“그래도 설화가 밥값 톡톡히 하네.”

"마법 능력뿐만 아니라 판단 능력도 훨씬 좋아졌어요."

"나도 느꼈어."

설화가 맡고 있는 역할은 어디까지나 전투 보조.

그녀가 최근 마정석을 많이 흡수하고, 많은 전투를 소화해 낸 덕분에 종합적인 전투력이 진짜 많이 오른 것 같다.

전투를 하는 내내 우리를 편하게 해 주었다.

이를테면 우리들에게 유리하도록 전장을 조성해 준다든지, 적들의 움직임을 둔하게 한다든지.

설화의 빙결 마법이 전투를 좀 더 수월하게 만들어 준다.

덕분에 체력 소모도 적고.

둘 다 데려오길 참 잘했단 생각이 든다.

"형님! 루나 누님과 무슨 이야기를 그리 즐겁게 하고 계십니까?"

어느새 전투를 끝낸 자현이가 냅다 달려왔다.

"네 뒷담화."

"비겁하시네요."

"앞담화로 해 줄까?"

"죄송합니다."

자현이는 루나가 던져 준 물통으로 가볍게 목을 축였다. 그리고 입술을 닦으면서 설화에게 건네주려고 했다.

"저는 괜찮아요."

"물을 잘 마셔야 건강……."

설화는 손가락으로 가볍게 얼음을 만들어 낸 다음, 그 얼음을 입에 넣고 씹었다.

와그작.

그 모습을 본 자현이가 작게 감탄사를 내뱉었다.

"대단하십니다, 설화 양."

"편하긴 하겠다."

사막에 조난당할 경우를 대비하여 한 명을 데려가야 한다면 나는 고민도 없이 설화를 데려갈 것이다.

마법사들이 저런 게 참 편하다니까?

저번에는 담뱃불을 마법으로 붙이는 마법사들도 봤다.

스르르륵.

우리가 이야기를 나누고 있는 사이, 괴물들의 사체가 미궁의 바닥 밑으로 빨려 들어갔다.

"사체를 따로 처리할 필요 없어서 간편하네요."

"……연쇄살인범이냐?"

우리는 곧바로 다시 전진을 시작했다.

끝이 어딘지도 모르는 미궁.

유일한 나침반은 오로지 내 감각뿐이다.

미궁 안쪽에서 느껴지는 거대한 신성력을 향해 가고 있거든.

"이렇게 얼마나 더 가야 합니까, 형님? 너무 시시한데요."

"보통 그게 플래그야."

"예?"

눈치 없는 놈.

이런 곳에서는 그런 말을 삼가는 게 국룰이거늘.

던전이 처음이라서 그런가, 쓸데없이 플래그를 세운다.

"입이 문제야, 입이."

잠시 후.

신격을 품은 자여, 그분께서 네 피를 원하신다.

우리의 앞에 여섯 장의 날개를 지닌 천사가 모습을 드러냈다.

나는 한숨을 푹 내쉬면서 고개를 가로저었다. 그리고 그 '천사'를 향해 말했다.

"일단 날개부터 꺾어 줄 테니까, 그때 다시 이야기하자. 아프다고 울지는 말고."

다음 권으로 이어집니다

ROK
MEDIA
로크미디어
망한 가문의
검술천재가
되었다